U0947378

Reading Poetry

of

Tang Dynasty

读唐诗

易中天　著

李华　摄影

上海文艺出版社

目录

序曲 ○ 何处春江无月明

春江花月夜 ○ 张若虚

春江潮水连海平，海上明月共潮生。
滟滟随波千万里，何处春江无月明。
江流宛转绕芳甸，月照花林皆似霰。
空里流霜不觉飞，汀上白沙看不见。
江天一色无纤尘，皎皎空中孤月轮。
江畔何人初见月，江月何年初照人。
人生代代无穷已，江月年年只相似。
不知江月待何人，但见长江送流水。
白云一片去悠悠，青枫浦上不胜愁。
谁家今夜扁舟子，何处相思明月楼。
可怜楼上月徘徊，应照离人妆镜台。
玉户帘中卷不去，捣衣砧上拂还来。
此时相望不相闻，愿逐月华流照君。
鸿雁长飞光不度，鱼龙潜跃水成文。
昨夜闲潭梦落花，可怜春半不还家。
江水流春去欲尽，江潭落月复西斜。
斜月沉沉藏海雾，碣石潇湘无限路。
不知乘月几人归，落月摇情满江树。

闻一多说，这是“诗中的诗，顶峰上的顶峰”。

所以，读唐诗不妨从这里开始。

这首诗很好读，因为明白如话。

这首诗很难懂，因为不知所云。

别的不说，题目就是问题。

春江花月夜，什么意思呢？

有人说，是春天的江上，那鲜花盛开月色可人的夜晚。

也有人说，是春天、江水、鲜花、月亮和夜晚。

哪个说法对？难讲。

其实，事情根本就没有那么复杂，因为《春江花月夜》原本是歌曲的曲名。当时写歌是先有曲后有词，叫填词。这个曲子是表现男女之情的，同名曲子的歌词陈后主和隋炀帝都写过，张若虚这首也照例写了闺中少妇的情思，而且占了一半的篇幅。如果硬要讲诗的内容，岂不得叫春天、江水、鲜花、月亮、夜晚和女人？

不过这诗确实好，尤其是那画面感。

那就来看看诗人笔下的春江花月夜：

每到春天，
长江就会在夜晚涨起潮来，
宽阔的江面与大海连成一片。
浩渺波涛之上，

潮起潮落之间，
一轮明月从海上升起，
就像与那潮水共庆华诞。
月色映照的江面上流光溢彩，
那波光随着上下起伏的春潮千里万里，
直至永远。
啊！
哪一处春江没有如此的明媚，
哪一处春江没有月亮的清晖。

波光粼粼的江水，
曲曲弯弯地绕过长满鲜花和香草的岸野。
月光照进树林，
让似锦繁花看起来就像晶莹剔透的雪珠。
月色有如寒霜在空中流走又看不出飞动，
反倒是沙洲上的白石子看不见了。

从江面到长空，
一色地澄明透彻，洁净无尘；
皎洁辽阔的天空之上，
高高挂起的也只有明月一轮。

唉，不知道是谁最先在江边看见了江上的月亮；

也不知道江上的月亮，最初是在哪年照耀人间。

其实，人生世世代代永无穷尽，

江月岁岁年年也只是看似相同。

不知道也不必知道江月在等待谁的到来，

但只见滚滚长江，流水向东。

这不是翻译，只是解说。

翻译唐诗是愚蠢的事情。

不过，解说到这里，恐怕也就够了。

就连张若虚的诗，写到这里都可以结束。这首诗已经有了足够精彩的画面，华美的乐章，以及够多的人生感慨和哲学思考。江畔何人初见月，江月何年初照人。追问至此，还有何可问？人生代代无穷已，江月年年只相似。觉悟如此，又有什么可说？

然而诗人笔锋一转，便写到了女人。

转变很自然，因为一尘不染的天空飘来了一片云。云似乎总是给人添堵，哪怕是白的。白云一片去悠悠，青枫浦上不胜愁。白云带来了愁云。难怪后来崔颢写《黄鹤楼》诗，便要说“白云千载空悠悠”和“烟波江上使人愁”等等，简直就像是抄张若虚的。

愁的原因用非常漂亮的对仗句来表达：谁家今夜扁舟子，何处相思明月楼。原来，是少年夫妻两地分居。我们知道，曲名《春江花月夜》的诗必须写男女之情。只不过张若虚进行了改革，由男欢女爱变成了离愁别绪，而且非常精彩：

昨夜梦见，平静寂寥的深潭上漂满落花；
此时此刻，落月又分明已经挂在了西边。

是的，昨夜闲潭梦落花，江潭落月复西斜。

为了押韵，斜要读如霞。

终于，斜月沉沉藏海雾，落月摇情满江树。那一轮与海潮共生在中天孤悬的明月，最后还是坠入茫茫海雾之中。只有洒满了江树的月光熠熠生辉，像是在摇曳着无穷无尽的相思。

真是好诗。

好诗不用多说，多说便是饶舌。

实际上，诗无达诂。也就是说，对于诗的理解，没有什么权威解释和标准答案。我们这本书，也没有固定的套路和格式。何处春江无月明，那又什么理解不是理解，什么体会不是体会呢？

请静下心来，我们一起读唐诗。

春曉

第一辑 ○ 春晓

春晓 ○ 孟浩然

春眠不觉晓，处处闻啼鸟。

夜来风雨声，花落知多少。

春天里，总是要下雨的。

下雨天，也最好去睡觉。

也许，那是一个最难将息的乍暖还寒季节。也许，那是一场突如其来的穿林打叶暴雨。风雨如磐，是大自然的随心所欲，人又能怎么样呢？也只能把风声雨声当作催眠曲。好在一觉醒来，风也去雨也停。阳光照进窗户，到处都是鸟儿们兴高采烈的歌唱。

没错，处处闻啼鸟。

鸟儿们唱得如此欢快，只能说明清晨的阳光十分明媚，雨后的空气格外清新，生机勃勃的大自然也才特别喧闹。

这真是一个让人喜悦的春晓。

喜悦是主旋律和基本调性，伤感和惆怅则是次要的。如果事情不是这样，那么这首诗的顺序就该倒过来：

夜来风雨声，花落知多少。
春眠不觉晓，处处闻啼鸟。

怎么样，不对了吧？

不对是因为不真实。

真实情况是：诗人被鸟叫惊醒，第一时间就感受到了雨后初晴的清新明媚，急于传达的则是对大好春光的满心欢喜。然后才会回想起“夜来风雨声”，也才会关切地想到和询问“花落知多少”。

注〇 顺便说一句，孟浩然这首诗是仄韵古绝，不是律绝，说成『五绝』是不对的。律绝有严格的格律要求。这方面的知识，书后的附录有详细的介绍，可以帮助我们更好地读唐诗。

伤感和惆怅，只能在欣喜之后。

这就跟同类题材的作品多有不同，比如李清照：

昨夜雨疏风骤，
浓睡不消残酒。
试问卷帘人，
却道海棠依旧。
知否，知否，
应是绿肥红瘦。

——李清照《如梦令》

同样是“夜来风雨声”，同样是“春眠不觉晓”，也同样关注着风雨交加之后的满地落英，李清照的“绿肥红瘦”是实，孟浩然的“花落知多少”是虚，而且无须回答。

因为重点是“处处闻啼鸟”。

主题也不同，孟浩然是喜晴，李清照是伤春。

这当然由于个性有别，却也是时代使然。初唐和盛唐的诗总体上是青春年少的。即便伤感惆怅，也是人生初展的少年时代那轻烟般莫名的哀愁。所以尽管悲伤，仍然轻快；虽然叹息，总是轻盈。（请参看李泽厚《美的历程》）真正伤春的诗词，比如“风不定，人初静，明日落红应满径”（张先）等等，要到中晚唐和两宋。

杜甫的《春夜喜雨》便更能体现这一点。

春夜喜雨 ○ 杜甫

好雨知时节，当春乃发生。
随风潜入夜，润物细无声。
野径云俱黑，江船火独明。
晓看红湿处，花重锦官城。

同样是写春雨，杜甫这首诗有另一种调子。

没错，孟浩然的重点在雨后初晴，杜甫在夜雨乍到。

那可真是好雨呀！它的到来是那么及时。谁都知道，一年之计在于春，春雨贵于油。怎么刚刚开春，就下了起来？莫非这场春雨是有心灵感应，通人情，知好歹，清楚农业生产需求的？

何况它又是那样的懂事：白天下雨会妨碍农作，狂风暴雨又会破坏嫩苗，悄悄地随着春风在暗夜里飘然而至，轻柔幽细一声不响地滋润大地和万物，才是用心良苦，也才恰到好处。

随风潜入夜，是灵性。

润物细无声，是温情。

雨之好，不仅在及时，更在体贴。

不过，这也只是雨好，不是诗好。

诗，又好在哪里呢？

先看开头。

开头是大白话：

好雨知时节，当春乃发生。

奇怪！诗贵含蓄，杜甫会不知道？

当然知道。

那么，为什么要用这样的大白话来开篇？

因为那雨实在太好，不能不大声喝彩；也因为自己的喜悦之情无法按捺，忍不住脱口而出。更重要的是，只有明白如话，才能直指人心，也才能让人眼睛一亮。

所以，这里不能含蓄，必须直白。

接下来的两句首先是纪实：那雨是悄然而至毫不张扬的，因此不觉入夜，却已随风而入夜；不闻有声，却已润物于无声。

但，写实的背后有用心。

雨随风至本是常规，说“潜入夜”就有了人情味。

雨润万物本是常理，说“细无声”就有了亲切感。

悄悄到来，细细滋润，才叫做体贴入微。

那不动声色的感觉，便全靠这两个字来传达。

这就叫传神，也叫炼字。

只用了两个字，就出神入化。

传神的同时也传了情，喜爱之情正可谓跃然纸上。

现在再看上半段：

好雨知时节，当春乃发生。
随风潜入夜，润物细无声。

这四句如行云流水，一气呵成，笔调明快，语气轻松。

落笔也都在雨上。

但是紧接着，诗人却笔锋一转写到了雨中之景：

野径云俱黑，江船火独明。

是啊！田野上原本若隐若现的小径，此刻已经与低垂地面的乌云融为一体；一团漆黑之中，只有江上的渔船灯火独自明亮，更显得雨意正浓。天地之间，充满了那及时雨的浓情蜜意。

这是怎样的雨夜啊！

春水都要从纸上溢出来了。

的确如此，要不怎么说“晓看红湿处，花重锦官城”？

锦官城就是成都，杜甫这首诗正是在成都写的。

这两句话的意思是：第二天早上你去看看吧，那些被雨水浸透的花儿都是沉甸甸的。

那么，这是诗人的想象，还是亲眼所见？

并不重要。要紧的是，这句话中的“重”要读重量的重，不读重复的重。重量的重才有沉甸甸的意思，也才符合诗的要求。

没错，这是一首五律，也就是五言律诗。

五律是格律诗，格律诗的知识在附录中讲得很清楚，读者最好先看一下。不看也不要紧，但必须注意下面这几个字的读音：

俱：平声字，读如居。

看：平声字，读如堪。

重：去声字，读重量的重，不读重复的重。

比较难掌握的是入声字，读不出来，也没关系。

早春呈水部张十八员外二首·其一 ○ 韩愈

天街小雨润如酥，草色遥看近却无。

最是一年春好处，绝胜烟柳满皇都。

注 ○ 草色遥看近却无的『看』必须读平声，读如堪。

这首诗写的也是春雨，而且是毛毛雨。

毛毛雨是铺天盖地、无处不在的，却又细小得无法辨识，就像烟笼雾罩一般，所以也叫烟雨。

韩愈却说它像酥油。

酥油就是奶油，光泽是温润的，口感是滑润的。因此，天街小雨润如酥，就比“润物细无声”还要动人。

润，一字千金。

酥，神来之笔。

草色遥看近却无，更是绝妙好词。

这是北方的早春时节，树梢和屋檐下应该还挂着冰凌。上升的阳气却已化开大地，草芽也在不经意间悄悄地钻了出来。于是酥油般温润的烟雨之中，远远望去，到处都是若隐若现的青色。但是走到近处，却似乎什么都没有，什么都看不见。

春色，就在这若有若无之间。

若有若无，才特别耐人寻味。

所以说：最是一年春好处，绝胜烟柳满皇都。

皇都就是长安，城中的朱雀大街就叫天街。烟柳则是枝繁叶茂望上去仿佛成片浓烟的杨柳。这当然也是美景。可惜的是，按照后来北宋欧阳修《蝶恋花》词的说法，杨柳堆烟之时，已是雨横风狂三月暮，又哪里比得上“草色遥看近却无”？

何况那烟柳还到处都是。

江南春 ○ 杜牧

千里莺啼绿映红，水村山郭酒旗风。

南朝四百八十寺，多少楼台烟雨中。

又是烟雨，又是春天，只不过在郊外，在江南。

江南的春天格外迷人，千里之中莺飞草长，叶绿花红。那些个傍水的村庄，依山的城郭，到处可见酒旗在春风中飘扬。酒旗就是酒店悬挂在路边用来招揽生意的锦旗，也叫酒望或青旗等等，相当于现在的招牌或霓虹灯。把酒旗迎风招展说成酒旗风，固然是出于平仄和押韵的要求，却也让人觉得那风中有酒的芳香。

有花木，有莺啼，有酒香，这就是江南春。

不过也有人质疑：千里之遥，看得着酒旗，听得见莺啼吗？

当然不行。

所以，他主张改为十里。

这很可笑。千里太远，改成十里就看得着，听得见？

同样不行。

实际上，千里莺啼绿映红，水村山郭酒旗风，说的并不是眼前所见的一处两处，而是整个江南。整个江南无不如此，那才叫江山锦绣，春意盎然。十里莺啼绿映红，有意思吗？

没有。

其实，麻烦在第四句。

稍微想想就知道，千里莺啼绿映红，水村山郭酒旗风，怎么看都是晴天。也只有在和阳之下暖风之中，才会有春光明媚鸟语花香的感觉。那么，为什么又说“多少楼台烟雨中”呢？

也有各种可能。

比方说，这里风和日丽，那里烟雨蒙蒙。千里江南，又是阴晴不定的春季，原本就该如此，有什么可奇怪？何况那四百八十寺还是南朝的。多少楼台烟雨中，可以是现在，也可以是当年嘛！

哪个是正解？

没有标准答案。

实际上，读诗最忌认死理。比如追问“四百八十寺”的数字是怎么统计出来的，就很煞风景。而且唐诗与宋词不同。宋词更喜欢聚焦于某个场景，把文章做足。唐诗却是跳跃的，往往将不同时空的故事放在同一首诗中进行比照，用字不多却内涵丰满。

杜牧这首《江南春》就正是如此。

的确，千里莺啼绿映红，水村山郭酒旗风，是阳光灿烂和满心欢喜的。南朝四百八十寺，多少楼台烟雨中，却更像一张不无惆怅的黑白照片。毕竟，南朝佛教的鼎盛时期，距离杜牧写这首诗已经三百年了，岂非只能在烟雨迷蒙中若隐若现？那种无可名状的历史沧桑感，恐怕也只能用这样的画面来表达吧！

清明 ○ 杜牧

清明时节雨纷纷，路上行人欲断魂。

借问酒家何处有，牧童遥指杏花村。

春天里，最爱下雨的是清明时节。

清明雨，知几许？

杜牧说：纷纷。

他还说：路上行人欲断魂。

但，如果理解为把人都淋成落汤鸡，就错了。

断魂，也不是魂飞魄散、痛不欲生的意思。

实际上，一年四季都有雨，雨和雨不相同。盛夏是暴雨，深秋是苦雨，寒冬是冻雨。感性的大自然，情调是很丰富的。

那么，春天呢？

沾衣欲湿杏花雨。

这是宋代僧人释志南的诗。

下一句是：吹面不寒杨柳风。

两句诗的意思是：杨柳泛青杏花绽放的时节，春风阵阵，吹面不寒；细雨霏霏，沾衣欲湿。既然是欲湿，那雨就不大，反倒更有诗意。陆游就说：此身合是诗人未？细雨骑驴入剑门。是啊，骑着毛驴走在蜀道，偏偏就烟雨蒙蒙，怕是命中注定要当诗人吧？

哈哈！没有雨，他还写不成诗。

杜牧的感觉应该也一样。

可，为什么又说断魂？

意思其实是：你看这雨下的！

毕竟，那杨柳风虽然吹面不寒，杏花雨也沾衣未湿，却总不能老在雨中，何况这雨还没完没了，当然“路上行人欲断魂”啊！

那就找家酒店，暖暖身子歇歇脚。

接下来的诗句极有画面感：骑在牛背上的牧童不过用鞭子随手那么一指，一座杏花环绕的村庄便遥遥在望，就连村中卖酒的店招都隐约可见了。借问酒家何处有，牧童遥指杏花村，真是何等轻快自如的语气，潇洒俊逸的形象，诗情画意的场景。

难怪《红楼梦》中的大观园，会有“杏帘在望”的景点。

寒食夜 ○ 韩偓

恻恻轻寒翦翦风，小梅飘雪杏花红。

夜深斜搭秋千索，楼阁朦胧烟雨中。

清明前两天，是寒食。

寒食当然也多雨。楼阁朦胧烟雨中，是毫不奇怪的。小梅飘雪杏花红，也不奇怪。暮春时节，梅花已经谢幕退场，杏花却在当红之际。尽管这梅花飘落如雪，红杏绽放似火的景象，应该是白天在阳光下看见的。但春天阴晴不定，同样不奇怪。

奇怪的是开头一句：恻恻轻寒翦翦风。

恻恻是凄怆悲哀的样子。翦翦就是剪剪，用来形容带有寒意的微风。寒食在冬至之后一百零五天，就算冷那也是轻寒，哪里至于让人觉得凄凄惨惨、悲悲切切呢？

关键在第三句：夜深斜搭秋千索。

原来，那时中国北方有女孩子在寒食节荡秋千的习俗，诗人则很可能跟一位姑娘曾经在此邂逅，所以今年他又来了。可惜从春光明媚的白天等到烟雨朦胧的深夜，也不见那人身影。这时，那迎面吹来原本略有寒意的翦翦风，便让人觉得纵是轻寒也恻恻了。

这首诗，或许可以这样理解。

其实理不理解都没关系，诗意是没有标准答案的。

能够想象出那画面，就好。

顺便说一句，韩偓是晚唐诗人，偓读如握。

小梅飘雪杏花红，也有版本作“杏花飘雪小桃红”。

寒食 ○ 韩翃

春城无处不飞花，寒食东风御柳斜。

日暮汉宫传蜡烛，轻烟散入五侯家。

本诗作者韩翃是中唐诗人。

翃读如宏，意为虫子飞翔的样子。

他这首诗也写了寒食节全天，却别是一番滋味。

开头两句就轻松明快，充满喜庆。春风浩荡直入皇城，城中的柳树迎风起舞，柳絮便天女散花般地漫空飞扬。其中或许还夹杂着落红无数，更显得长安城里到处喜气洋洋。可以这么说，春城无处不飞花，寒食东风御柳斜，只有短短两句，唐代长安的蓬勃气度和迷人风采，便像那铺天盖地的柳絮一样扑面而来。

当然，这里的“斜”要读如霞。

日暮汉宫传蜡烛，轻烟散入五侯家，就更是帝都景象。

这两句说的是傍晚的事。唐人喜欢把自己称为汉，所以汉宫其实就是皇宫。传蜡烛则因为寒食这天禁止用火，就连晚上点灯照明也要皇帝特批。于是日暮时分，宦官们便骑着高头大马，举着蜡烛走向最受恩宠的五侯之家。五侯的字面意思是五位侯爵，但这里是达官贵人的代名词，因此用不着管他们是谁，也未必只有五家。

实际上这首诗并没有什么深刻意义，只不过如实地描写了寒食那天的长安：白天柳絮飞舞，傍晚轻烟四散，如此而已。然而我们的感受却是全方位的，不但看得见满城风絮，也听得到传送蜡烛的马蹄声，闻得着散入五侯家那淡淡的烟火味。

什么叫好诗？这就是。

晚春 ○ 韩愈

草树知春不久归，百般红紫斗芳菲。

杨花榆荚无才思，惟解漫天作雪飞。

这首诗也写了柳絮，就是诗中的杨花。

榆荚是榆树的果实，俗称榆钱。

榆钱老了也是白的，随风飘散。

所以说：杨花榆荚无才思，惟解漫天作雪飞。

当然，思要读仄声，读如四。

全诗的意思是：草本植物和木本植物都知道，春天过不了多久就会离开这里，所以可着劲绽放花朵，争奇斗艳。柳絮和榆钱没有什么才华和情趣，只知道像雪花一样漫天飞舞。

那么，诗人是在调侃柳絮和榆钱吗？

有这种说法，但其实未必。毕竟，自然界万物平等，哪来高低贵贱之分？相反，没有才华情趣的柳絮和榆钱尽显本色，岂非多了真诚少了谄媚？更何况万紫千红的背景下，无数雪片般的杨花榆荚纷纷扬扬匆匆而过，难道不更显得晚春充满生命活力？

所以即便调侃，背后也是肯定。

春天，是多姿多彩的。

万绿丛中一点白，也很好。

咏柳 ○ 贺知章

碧玉妆成一树高，万条垂下绿丝绦。

不知细叶谁裁出，二月春风似剪刀。

城东早春 ○ 杨巨源

诗家清景在新春，绿柳才黄半未匀。

若待上林花似锦，出门俱是看花人。

春城无处不飞花，飞扬的其实是柳絮。

柳絮是暮春时节的舞蹈家，报春的使者则是柳眼。

什么是柳眼？就是柳树的嫩芽。它是鹅黄色的，即便变成绿色那也是嫩绿。这些嫩芽有的破寒而出，有的姗姗来迟，参差不齐地先后亮相，于是同一棵柳树之上便半是鹅黄，半是嫩绿。

所以说：绿柳才黄半未匀。

半未匀，精准而传神。

中唐诗人杨巨源，有着摄影家的眼睛。

然而春天总是脚步匆匆，鹅黄嫩绿也很快就变成碧绿。因此在初唐诗人贺知章眼里，那些柳树便像一排排亭亭玉立的少女，婀娜多姿地在春风中翩然起舞。她们身上的丝带轻盈飘逸，丝带上的细叶清新可人。那么，是谁的一双巧手妆扮了这些小家碧玉呢？

哈哈，二月春风似剪刀。

春天，正方兴未艾。

以后，可就杨柳堆烟，密叶藏鸦。

幸好两位诗人，为我们留下了即逝的瞬间。

南园十三首·其一 ○ 李贺

花枝草蔓眼中开，小白长红越女腮。

可怜日暮嫣香落，嫁与春风不用媒。

有春柳，还得有春花。

春花不好写，中唐诗人李贺的这首诗却特色鲜明，开场就靓丽明媚，欢天喜地：花枝草蔓眼中开，小白长红越女腮。花枝就是木本植物的枝头，草蔓则是草本植物的茎蔓。放眼望去，高高的枝头嫣红姹紫；低下头来，长长的蔓儿千姿百态。

真是好一派春光。

而且，还目不暇接。

眼中开，便是这个意思。

小白长红则有两种解释。一种说，意思就是万花丛中白花少而红花多；还有一种则认为是花儿红里带白，就像江浙一带年轻女孩白里透红的脸蛋——越女腮。那些春心荡漾的越女，在这艳阳高照之下，暖风吹拂之中，脸上肯定是红扑扑的。

但不管怎样解释，都充满了青春气息。

于是就连落花也很可爱。日暮时分，风起花落。但那不是凋零和飘散，而是嫁给了春风。这是让人庆幸的。事实上唐诗中的“可怜”往往有多种含意，包括可惜和可叹，也包括可爱和可羡。因此读者也可以作别的理解，比如理解为落花身不由己，还可以理解为反正红红火火开过了，嫁与春风又何妨。

诗无达诂，不要纠结。

重要的，是自己的感受和体验。

雨晴 ○ 王驾

雨前初见花间蕊，雨后全无叶底花。

蜂蝶纷纷过墙去，却疑春色在邻家。

晚唐诗人王驾的这首诗也写了落花。

只不过，李贺在风中，王驾在雨后。

雨过天晴，原本是让人满心喜悦的事。然而诗人却发现，刚刚长出来的花骨朵都被一场暴雨打没了，就连藏在叶子底下的也未能幸免。雨前初见花间蕊，雨后全无叶底花。春天，难道就这样匆匆忙忙地离开了我们，而且还是不辞而别？

不能，不该，也不甘。

再看那些采花的蜜蜂和蝴蝶，都纷纷飞过墙去了。

原来，春天在邻居家里。

这当然未免“自欺欺人”之嫌。蜜蜂蝴蝶不过无所适从，自家园子里没有的，邻居家又怎么会有？

但对诗人来说，却可能有，应该有，最好有。

邻居家有春色，春色才是活的，尽管王驾用了“疑”字。

疑也对。似信非信，若有若无，岂非更好？

诗，不需要讲道理。

讲道理的，也一定不是诗。

钱塘湖春行 ○ 白居易

孤山寺北贾亭西，水面初平云脚低。

几处早莺争暖树，谁家新燕啄春泥。

乱花渐欲迷人眼，浅草才能没马蹄。

最爱湖东行不足，绿杨阴里白沙堤。

白居易这首诗，是江南早春的全景图。

写出全景并不奇怪，因为他在行走。

行走的地方，则是又叫钱塘湖的杭州西湖。

那么，还有比这更能表现江南早春景象的地方吗？

没有。

但是怎么写，却很考功力。

幸运的是，白居易没有让人失望。

诗的开篇看似平常：孤山寺北贾亭西，不过平铺直叙，如实地记录了春游的地点而已。然而接下来的一句便如奇峰突起：水面初平云脚低。水面初平，就是湖面与堤岸刚好平齐。我们知道，秋冬枯水季节湖水是比较少的，春雨之后则开始变得丰满。所以“水面初平”四个字，一下子就把西湖早春的显著特征展现出来了。

何况那初平的水面上还有云。

云是来下雨的。没有雨，湖水不会上涨。但在此刻，高空已经放晴，只有残留的云气贴在水面，与荡漾的波澜连为一体，更显得西施般美丽的西湖风采绰约，如梦如幻。

就连不在眼前的春雨，也写出来了。

这景象，诗人却只用了三个字来表现：云脚低。

于是回头再看开篇，便会觉得起句其实不凡。实际上这首诗的前两句是两张照片：孤山寺北贾亭西，是横着的，俯瞰的；水面初平云脚低，则是竖着的，平视或者仰拍的。放在一起，早春西湖那碧水初涨、青山新绿、闲云舒卷的山光水色便尽收眼底。

下面的镜头是近景，甚至特写。

几处早莺争暖树，谁家新燕啄春泥，是诗人漫无目的行走湖边的随时所见，也是他为春天创作的赞美诗。的确，新生的黄莺在树梢歌唱，南来的燕子在屋檐筑巢，原本是早春的寻常现象，白居易却写得满心欢喜。是啊，有多少黄莺儿飞到了阳光下的树枝，那些燕子的新巢又在谁家？这其实是不需要回答的问题。之所以会这样设问，无非是为了表达发自内心的喜悦，以及关切。

所以，“几处”不能改成“处处”，“谁家”不能改成“家家”。

实际上，这两句诗的用字极其认真讲究，比如早莺的早，新燕的新。早莺和新燕，显然比黄莺和燕子更富有表现力，也更能传达对春天到来的敏锐感觉。暖树和春泥也是。其实泥就是泥，哪里有季节之别？然而称之为春泥，就平添了湿润和芳香。这恰恰是春回大地时可以体验到的感觉，我们甚至可以嗅到那气息。

至于暖树，则未必一定就是朝南向阳的树枝或树丛，而是泛指春树。明媚春光之中，所有的树都是暖融融热乎乎的。但，称之为暖树，就像将泥土称为春泥，顿时便有了柔润的感觉。

只不过，春泥湿润，暖树温润。

同样，争暖树的争也非争夺，而是争相。最先感觉到春意的黄莺争相飞向枝头放声歌唱，那是一种怎样生机勃勃的动态，又是怎样暖融融的舒心，喜洋洋的欢快，乐滋滋的鼓舞！

几处早莺争暖树，是温度。

谁家新燕啄春泥，是湿度。

江南水乡湿漉漉的暖春啊！

乱花渐欲迷人眼，浅草才能没马蹄，同样精彩。

的确，春天是百花齐放的。但这个“齐”不是整齐划一，反倒更像是闹哄哄的一拥而上，因此非“乱”字不能形容。乱，并不是杂乱、混乱和凌乱，而是形形色色、多姿多彩和争奇斗艳。它们东一丛西一簇，大的大小的小，或层层叠叠，或星星点点，看似毫无章法，其实自由自在。而这，正是大自然的可爱和可贵。

如此五彩缤纷，当然让人眼花缭乱。不过此刻还是早春，所以只是“渐欲迷人眼”，正如那堤岸的浅草“才能没马蹄”。才能是刚好的意思。渐欲迷人眼，才能没马蹄，就不但有分寸感，而且传达出惬意感了，难怪会说：最爱湖东行不足，绿杨阴里白沙堤。

看来，他颇有些意犹未尽。

我们同样如此。

那就再读两首。

月夜○刘方平

更深月色半人家，北斗阑干南斗斜。

今夜偏知春气暖，虫声新透绿窗纱。

春天是有气息的。

气息通过声音来表现，却是盛唐诗人刘方平的发明。

诗中“北斗阑干南斗斜”的阑干，则是横斜的意思。

当然，斜要读如霞。

看来，这是一个春寒料峭的夜晚。北斗七星和南斗六星都已经改变了状态，家家户户一半在月光下，一半在阴影中。所谓“更深月色半人家”的半，是量词作动词用，意思是月光和阴影把房屋和庭院一分为二，就像光影对比鲜明的木刻或者黑白照片。

这样的画面，是清冷的。

然而偏偏就在这更深夜静寒气袭人的时候，诗人感到了春天的温暖，因为突然间响起了清脆欢快的虫鸣。蛰伏的虫子对节气变化是最敏感的，它们迫不及待地开始迎春了。

今夜偏知春气暖，虫声新透绿窗纱，就是这个意思。

新透，表明是第一次。

虫声，是春天的小奏鸣曲。

窗纱是绿的，则更显得暖意融融。

诗人用笔之细腻，可以说一个字都不含糊。

听邻家吹笙 ○ 郎士元

凤吹声如隔彩霞，不知墙外是谁家。

重门深锁无寻处，疑有碧桃千树花。

题都城南庄 ○ 崔护

去年今日此门中，人面桃花相映红。

人面不知何处去，桃花依旧笑春风。

大林寺桃花 ○ 白居易

人间四月芳菲尽，山寺桃花始盛开。

长恨春归无觅处，不知转入此中来。

还是要看桃花。

没有桃花的春天，是不像春天的。

这里选的三首诗，放在一起也有点意思。

郎士元《听邻家吹笙》所写其实并非桃花，而是笙乐。笙是多簧管吹奏乐器，形状像凤凰，声音像凤鸣，所以叫凤吹。凤吹声如隔彩霞，意思是：如此美妙的笙曲就像是从天而降啊！

那么，隔壁家莫非是王母娘娘的蟠桃园？

因此，疑有碧桃千树花。

这是羡慕。

崔护《题都城南庄》则名为写花，实为写人。

人是"去年今日此门中"偶遇的。据说，当时诗人到郊外踏青路过某庄园，敲门讨水喝，没想到送水的是一位桃花般青春靓丽的姑娘。她斜着身子站在桃树下看着诗人喝水，脸蛋红扑扑的，眼神水汪汪的，宛如桃花含苞欲放。所以说：人面桃花相映红。

此事当然没有下文，但诗人念念不忘。于是，第二年春天他又来到这里，却再也见不着那姑娘，只有桃花热热闹闹又没心没肺地在春风中绽放。所以说：人面不知何处去，桃花依旧笑春风。

这是惆怅。

白居易的《大林寺桃花》真是写花，只不过那花开在暮春时节和高山之上，而且是意外发现。于是诗人心花怒放地说：平时常常抱怨不知春天去向何方，没想到她竟然藏在这里！

这是惊喜。

桃花，有时候又不完全是桃花。

唐诗，却总是桃花灿烂。

思

第二辑 ○ 秋思

十五夜望月寄杜郎中 ○ 王建

中庭地白树栖鸦，冷露无声湿桂花。

今夜月明人尽望，不知秋思落谁家。

注○ 秋思的思字要读去声，读如四。这方面的知识，请阅读附录。

春日多风情，秋夜多思绪。

中唐诗人王建的这首就是。

那是一个清冷而孤寂的夜晚。高悬的满月把庭院中的空地照得雪白雪白，曾经喧闹不已的鸟儿们都在树阴里面睡着了，可谓万籁俱寂鸦雀无声。寒气月光般地从空中洒下，悄无声息地湿润了飘着幽香的桂花。在这清辉普照的夜里，所有人都在望着月亮吧？却不知道那浮想联翩的万千思绪，此刻又落在了谁家？

这首诗的意思，大体如此。

不难看出，诗人笔下的月夜是澄静素洁、寒意轻袭的。中庭月色如水，枝头冷露暗凝，既是眼前之景，也是内心写照。情怀意绪需要传达，这才有“不知秋思落谁家”之问，尽管有着难言思绪的正是他自己。但那样说就不是诗了。更何况中秋之夜，正是“月明人尽望”的时候，你怎么知道别人就没有秋思呢？

大家都有，才有意思。

某些人有，某些人没有，也有意思。

另有版本把“落谁家”写成“在谁家”，则各有千秋。落，新颖奇特富于动感；在，看似寻常却有道理。比如王驾《雨晴》的“却疑春色在邻家”就不能用“落”字。实际上，在是原本就有，落是从天而降。本书选择落，是因为与月光和冷露相匹配，读者朋友们完全可以根据自己的心情和理解，去读这首诗。

在和落，都好。

秋夕○杜牧

银烛秋光冷画屏，轻罗小扇扑流萤。

天阶夜色凉如水，坐看牵牛织女星。

杜牧这首诗，也有人说是前面那位王建的。

这可以不去管他。我们只要知道，这是写一位宫女在七月七日那天晚上的秋思就行。因为天阶就是皇宫里的石头台阶，看天上的牛郎织女则多半是在七夕。坐看，也有版本写作“卧”。不过既然在石头台阶上，恐怕躺不下来，所以应该是“坐”。

坐着看，也才有不想睡的意思。

实际上，七夕在初秋，还很热。夜色凉如水，则证明那时已经是深夜了。深夜还不睡，是因为睡不着。睡不着，又因为孤单寂寞内心郁闷。我们知道，中国古代的宫女其实是七星级豪华监狱里的劳改犯兼服务员，根本没有人身自由。不要说男欢女爱，就连正常男人的影子都未必见得到，这对于青春少女无异于精神摧残。

百无聊赖，就只好轻罗小扇扑流萤。

顾影自怜，就只好坐看牵牛织女星。

但，这又有什么用呢？

于是就连那烛光也是冷的。冷画屏不是画屏冷，是烛光把画屏照冷了，也就是形容词作动词用。银烛，也有版本写作红烛。但不管是红烛还是银烛，都多少是有些热度的，却居然能够把映照着的画屏变冷，可见那位宫女的心中已经冷到了什么程度。

也难怪“夜色凉如水”了。

不过这首诗的调子并不沉重。我们甚至只要改一个字，比如把天阶改为庭阶，那就完全可以是另一种理解：七夕之夜，有个天真烂漫的小女孩拿着轻罗小扇在追逐飞来飞去的萤火虫，直到夜色像水一样凉爽时还不肯睡，傻乎乎地坐在台阶上看牵牛织女星。

怎么样，讲得过去吧？

诗，真是一种奇怪的东西。

登高 ○ 杜甫

风急天高猿啸哀，渚清沙白鸟飞回。
无边落木萧萧下，不尽长江滚滚来。
万里悲秋常作客，百年多病独登台。
艰难苦恨繁霜鬓，潦倒新停浊酒杯。

杜牧的《秋夕》清冷，杜甫的《登高》悲怆。

这首诗是杜甫五十五岁那年在夔州也就是重庆奉节所写，三年以后他就去世了。此时，这位一生坎坷的诗人已是居无定所，并且体弱多病，又因为身体的原因而戒了酒，所以才会说“万里悲秋常作客”和“潦倒新停浊酒杯”云云。前一句是说，由于长期颠沛流离寄人篱下，所以每到让人伤感的秋天便未免悲从心来；后一句的意思，则是说自己穷困潦倒的程度，已经连借酒消愁都不可能。

但，他还是决定在重阳节这天，抱病登高。

没错，百年多病独登台。

这当然是夸张的说法。杜甫此时年过半百不久，岂能是“百年多病”？独登台也未必是只身，只不过没有理解他的人陪伴，他的内心世界是寂寞的，孤独的，需要对话和回应的。

能够对话和回应的，只有大自然。

请看前半段。

风急天高猿啸哀，渚清沙白鸟飞回。短短十四个字，就一口气写了六种长江三峡深秋季节的自然景物：峡口的风，秋日的天，江上的洲（渚，读如主），岸边的沙，山中的猿，天空的鸟。风是急速强劲的，天是高远辽阔的，洲是一尘不染的，沙是洁白无瑕的。也正是在如此峻峭凛寒的背景下，猿在哀号，鸟在盘旋。

这是怎样的画面，这是怎样的交响！

然后是：无边落木萧萧下，不尽长江滚滚来。

毫无疑问，这是紧接前文，但更加气势磅礴。事实上，正因为风急天高，那崇山峻岭的无边落叶才会急雨般地萧萧而下，而渚清沙白则更显得波涛汹涌的不尽长江是滚滚而来。这两句诗，一则席卷天下，一则气吞万里，将雄浑悲壮的格调推向了极致。

这又是怎样的眼界，怎样的情怀！

有此眼界和情怀，万里悲秋常作客，已不必在意；百年多病独登台，也不足为奇。尽管诗的最后两句不尽人意，但当他面对无边落叶和不尽长江时，诗人已经跟宇宙融为一体了。

同为伤感，也是有不同格局的。

山中○王勃

长江悲已滞，万里念将归。

况属高风晚，山山黄叶飞。

可以跟杜甫《登高》并读的，还有王勃这首。

王勃是“初唐四杰”之一，也是少年才子。他在这个世界停留的时间非常短暂，二十六岁那年就由于掉进海里惊吓而死。当时他刚刚到越南看望了贬官在那里的父亲。而且，正是在探亲途中路过今天的南昌时，写下了名篇《滕王阁序》及歌。

这首诗的写作时间要早很多。那时，少年得志的王勃因为写了篇游戏文章而被唐高宗罢官，只好作客四川重庆一带。在某个深秋时节，他来到两岸都是崇山峻岭的长江边，看见那江水回旋，落叶纷飞，不由得发出“长江悲已滞，万里念将归”的感慨。

对这两句诗，历来有各种解释，但未必要有标准答案。比如“长江悲已滞”这句，是说江水流动缓慢，就像滞留此地的自己；还是说江水奔流不息，更显得有家难归可悲？恐怕都能成立。

同样，第三句中的晚，指的是时令还是时辰，也无所谓。

反正是很晚，反正是有风。

总之，大江东去，秋风萧瑟。

而且，山山黄叶飞。

当然，这里并没有杜甫诗中的无边之状，萧萧之声，因此不如杜诗厚重，却也并不沉重。毕竟，黄叶飞可以是急速而下，也可以是翩然起舞；可以是纷纷扬扬，也可以是星星点点。就连“山山黄叶飞”都未必一定是亲眼所见，尽管我们能够想象出那画面。

那就让黄叶再飞一飞。

秋词二首·其一 ○ 刘禹锡

自古逢秋悲寂寥，我言秋日胜春朝。

晴空一鹤排云上，便引诗情到碧霄。

秋日里并非只有伤感，刘禹锡这首就不是。

诗的意思浅显易懂：自古以来，每到秋天，文人墨客就会发出悲悲切切的感叹，比如人生苦短风光不再等等。我却认为，秋天比春天要好得多。不信你看那万里晴空之中，一只白鹤推开浮云直上九万里，不也引得我们的诗情到了最高处吗？

有人说，这是翻案文章。

其实这样理解大可不必。没有谁规定春天就得怎么样，秋天又该想什么。春夏秋冬，都可以有悲欢离合。要紧的是“晴空一鹤排云上”的画面感，才是本诗永恒的魅力。

同题的另一首也是，其中一句是：

数树深红出浅黄。

就这么七个字，秋色便尽在眼前了。

诗人，也都是摄影家。

暮江吟 ○ 白居易

一道残阳铺水中，半江瑟瑟半江红。

可怜九月初三夜，露似真珠月似弓。

画面感更强的，是白居易这首。

这是九月初三的江景，因此只有新月，之前则有夕阳。但，把落日余晖映照在江面说成是铺在水中，却生动而精准。铺，甚至比用“洒”还要好。洒是自上而下，铺是徐徐舒展。长江中下游多为宽阔原野，地平线上的光芒可以贴着江面从容不迫地铺开。也正是在这种不疾不徐之中，我们感受到秋阳的明媚与柔和。

但，残阳只有一道。

于是，我们便看到了这样动人的画面：长空天高云淡，江水波澜不兴，向阳的那边波光粼粼红光闪闪，光照不及的另一半则碧绿碧绿有如名叫“瑟瑟”的宝珠。这样两种对比鲜明瞬息万变的色彩竟然融为一体，难怪古人把这首诗称之为“着色秋江图”。

何况还有银色。

银色的是月亮，只不过是新月，所以比喻为弓。九月初三月亮升起时已在深夜，天空降下的寒气也在草上结出了露珠。这些露珠在清辉之下晶莹剔透，就像珍珠镶嵌在绿毯，与弯弓般的新月相映成趣，当然要说“露似真珠月似弓”了。

弓是弯的，珍珠是圆的，江水则一半红一半绿。然而这种对比却毫无违和之感，反倒让人觉得平缓舒展，安闲恬静，同时又风情万种，摇曳生姿，实在是看似寻常不寻常。

什么叫诗情画意？这就是。

宿骆氏亭寄怀崔雍崔衮 ○ 李商隐

竹坞无尘水槛清，相思迢递隔重城。

秋阴不散霜飞晚，留得枯荷听雨声。

这是一首抒情诗，但是情在景中。

景是清幽雅洁的。修竹环绕的船坞一尘不染，亭子外面的湖水清澈见底。湖中的荷叶已经枯萎，头顶的阴云却不肯散去。忽然间想起了长安城里的朋友，但可惜远隔重城，无法将相思传递，只好听着那深夜到来的秋雨淅淅沥沥洒在荷叶上，一声又一声。

其实，这是一种唯美的意境。因为阴云不散则有雨，霜降延时则不寒，而枯荷上的雨声又是错落有致，别有情趣的。看来，由于秋阴不散而夜雨时至，霜飞太晚而留得枯荷，倒是天公作美了。

也许吧，也许。

山行○杜牧

远上寒山石径斜，白云生处有人家。

停车坐爱枫林晚，霜叶红于二月花。

读完枯荷，就该来看枫叶。

枫叶是秋天的标志。

霜叶红于二月花，则是名句中的名句。

然而标题却是《山行》。

因此第一句便是：远上寒山石径斜。

当然，斜要读如霞。

这句诗的信息量很大。远上说明路长，山寒说明天冷，所以此行坐了车，而且大约也只能走到半山腰。

前面，没准就是石头铺就，必须拾阶而上的小路了。

小路蜿蜒曲折，看上去歪歪扭扭，所以说“石径斜”。

此时回头望去，但只见座座峰峦草木凋零，尽显萧瑟。峰峦与峰峦之间，白云缭绕，飘浮不定，一片苍茫。但，山风吹来，云开雾散那会儿，却隐约可见三五房舍，几处村落，星星点点。

这就叫“白云生处有人家”。

生，也有版本写作深。

但显然，生比深要好。站在半山腰的高处，是可以看见云雾从谷底升腾的。相反，云深不知处，则恐怕看不见什么房屋。更何况白云“生长之处”有人家，岂非诗意盎然？

诗人却说：停车坐爱枫林晚。

坐，不是坐下来，而是“因为”的意思。晚，则有时至深秋和天色已晚的双重意思，也就是晚秋的傍晚。枫叶在晚秋最红，有着霞光映照就更红。在这寒意渐生的时刻，看见火焰般的林子，当然神清气爽，也当然会由衷地赞美：霜叶红于二月花。

请注意，霜字很重要，也不能改。改成红叶，就跟“红于二月花”的红字重复了。红叶红于二月花，还是诗吗？改成枫叶，则又跟前面一句的枫字相重。何况霜降是秋天最后一个节气，那么“霜叶”二字岂非更加证明“枫林晚”有晚秋的意思？

更何况，经霜而更红，也意味深长。

读唐诗，读宋词，有时候是要咬文嚼字的。

总之，白云舒展，石径横斜，枫叶流丹，层林尽染，这就是杜牧笔下的秋山霜林图，镜头感和层次感都很强：远景是依稀可见的峰峦，中景是白云生处的人家，近景则是红红火火的枫叶。比二月花还要红的霜叶，无疑是这幅画中最大的亮点。这也是诗人要把停车的原因，归结为喜爱“枫林晚”的道理。

这就不仅是诗中有画，更是诗中有精神了。

菊花 ○ 元稹

秋丛绕舍似陶家，遍绕篱边日渐斜。

不是花中偏爱菊，此花开尽更无花。

秋天不仅有枫叶，也有花。

标志性的，是菊花。

菊花从来就是诗人的爱物，比如陶渊明。

采菊东篱下，悠然见南山，是他的名句。

后面一句还有一个版本：悠然望南山。

这恐怕不对。陶渊明的“采菊东篱下”既然是悠然自得的闲情逸致，也就只能是不经意间看见了南山，岂能刻意去望？

总之，陶渊明是爱菊的。

所以，元稹才会说他园子里的菊花多得就像陶渊明家，他自己也在篱笆旁边转到夕阳西下，依然不肯离去。

理由是：此花开尽更无花。

这好像大可不必。

爱就爱，不需要理由。

傲雪凌霜之类的道德高调，也很无聊。

真要欣赏菊花，还不如去看她在夕照下若有所思的样子。

重阳席上赋白菊〇白居易

满园花菊郁金黄，中有孤丛色似霜。

还似今朝歌酒席，白头翁入少年场。

菊花〇黄巢

待到秋来九月八，我花开后百花杀。

冲天香阵透长安，满城尽带黄金甲。

这两首也是菊花诗，却风格迥异。

白居易的风趣。他说，满园的菊花金黄金黄，只有当中一小丛雪白如霜。这就好比老人白发苍苍，却走进了年轻人的欢场。

郁金黄，是金桂的别名。

把菊花说成花菊，则是出于格律的需要。

总之，白居易这诗的调子是诙谐欢快的。

黄巢则不一样。在他眼里，菊花是战士。而且，当这些战士在长安城出现时，二月春风中争奇斗艳的那些花儿，无论是红得发紫还是洁白如雪，全都早就凋零飘落风光不再。只有菊花，披着黄金盔甲列成军阵，让浓郁的香气浸透全城，直冲霄汉。

这是何等的气派！

现在已经无法知道黄巢当时是怎么想的。按照某种流传甚广的说法，他写这首诗的时候，只不过到帝都长安参加科举考试之普普通通读书人，而且名落孙山。那时他就能想到秋后算账，扬言“待到秋来九月八，我花开后百花杀”，未必可靠。尽管后来黄巢作为唐末起义军的领袖，确实是坐着金色马车进入长安的，身后浩浩荡荡数十万大军威武雄壮的阵容，也让黄金之甲满城尽带。

不过这证明不了什么，除非这诗是起兵以后写的。

那就还是用纯粹艺术的眼光来看为好。

这是一首七言绝句，又叫七绝。七绝一般押平声韵，这首诗押的却是仄声，而且是入声。入声字的特点是声调短促。短促，读起来就铿锵有力，就凌厉激越，就斩钉截铁，甚至有一种不由分说的气势。这很符合作者的反叛精神和王霸之气。

也许正因为此，诗中“待到”的日子不是重阳那天，而是之前的九月八，尽管写成“九月九”也照样可以押仄声韵，比如：

待到秋来九月九，我花开后百花朽。
冲天香阵透长安，满城尽带黄金钮。

当然，如果觉得不够过瘾，又不在乎全用上声，也可以用甲胄的胄代替钮扣的钮，变成这样：

待到秋来九月九，我花开后百花朽。
冲天香阵透长安，满城尽带黄金胄。

大家觉得怎么样呢？

显然不如原作。

实际上，待到秋来九月八，我花开后百花杀。前一句还像轻松自如地脱口而出，后一句可就有如平地响雷，惊心动魄了。尤其是那“杀”字，可谓石破天惊，尽管其本意只是凋零。

第三句“冲天香阵透长安”更是写得十分饱满。过去文人笔下孤傲淡雅的菊花不再是暗香袭人，而是摆成了冲天香阵。那强弓劲弩般极具穿透力的香气在长安城内弥漫，透过城墙直上九霄。这是战士才有的力量。也难怪放眼望去，竟是“满城尽带黄金甲”。

这一个“透”字，岂非神来之笔？

如此气度，又岂非前无古人？

甚至可以说，这是晚钟，也是绝唱。

山夢

终南山 ○ 王维

太乙近天都，连山接海隅。

白云回望合，青霭入看无。

分野中峰变，阴晴众壑殊。

欲投人处宿，隔水问樵夫。

写山景，王维首屈一指。

这首诗写的，是他曾经隐居的终南山。

终南山有广义和狭义的两种。广义的终南山，就是西起甘肃省天水市，东至河南省陕县的秦岭。位于秦岭山脉中段、长安城南又叫太乙山的那部分，则是狭义的终南山，也是王维的终南山。

所以开篇就说：太乙近天都，连山接海隅。

天都也有两种解释，一是指唐都长安，一是指天帝之都。仔细想想，后一种是。毕竟，终南山主峰海拔两千六百多米，当然接近天廷。而且，也只有站在这里，才能看见自西向东的山峰延绵不绝似乎直到大海之滨，尽管“接海隅”是想象和夸张。

事实上本诗的观察点恐怕只有一个，那就是终南山主峰，虽然对这首诗历来有不同解读，比如说首句是山下仰视，第二句是山上俯瞰等等。但那样就讲不通全诗，或者会讲得支离破碎。

不妨来看后面几句。

第二联“白云回望合，青霭入看无”，其实是“回望白云合，入看青霭无”。之所以用了倒装句，是由于格律的要求，因此“看”要读如堪。青霭则就是白云，只不过在山下观看时，它们在树木的映衬下带有淡淡的青色。但是登上峰顶，不要说淡青色，就连云雾也不见踪影，因为人已经在云雾之中。这时回头再看，但只见成片的白云环绕着山腰，把主峰变成了茫茫云海中的孤岛。

这就是“白云回望合，青霭入看无”的意思。

分野中峰变，阴晴众壑殊，也是倒装句。站在峰顶，山南山北的区别一目了然。那些峰峦和沟壑，有的向阳，有的背阴，都纷纷呈现出不同的光影，显得阴晴不定，还变化万千。如果置换成诗的语言，也许就叫：中峰分野阴晴变，万壑千山气象殊。

无疑，这仍然是在主峰所见。

最后两句就无所谓了。欲投人处宿，可能在下山途中，也可能在山顶就已经想起。但不管怎么说，这座山都是空旷幽深的。无论在哪里寻找住处，也都只能隔水问樵夫。

然而这正是本诗的点睛之笔。它可能是作者的亲身经历，也可能是诗人的精心选择。但即便是刻意谋划，也非常自然。正因为自然而然，所以尽管接在自然景观的后面，却并不突兀，反倒由于有人间烟火的气象，而平添了诗情画意和无穷趣味。

不信，你换两句试试。

鸟鸣涧 ○ 王维

人闲桂花落，夜静春山空。

月出惊山鸟，时鸣春涧中。

本诗仍是写山，只不过是近景。

主题则只有一个字：静。

静到什么程度呢？

桂花落下来都能感知。

当然，是春天里迟开的桂花，也就是春桂。

这并不容易。桂花非常细小，落在地上几乎没有声音，照理说听不见。当时又是晚上，月亮还没有出来，因此也看不见。有人认为靠的是触觉和嗅觉。但，桂花落在身上能有多少重量？飘落之时的芳香跟挂在树上又有什么区别？难道诗人嗅觉之灵敏，竟然能够捕捉到落花飘香的轨迹？恐怕靠不住。

那么，桂花落了，怎么知道？

大约也只能是听见的。

听得见，则是因为闲。

闲，其实是心静，何况四周也静。春花不再怒放，鸟儿也各自还巢，小动物们都睡了，寂静的山中听不到半点声息，桂花飘落时那窸窸窣窣极其轻微的声音便变得清晰可辨，真真切切，同时也更让人觉得这深山空旷幽密，静谧朦胧。

这就叫：人闲桂花落，夜静春山空。

人闲，所以听得见桂花落地。

夜静，所以更显得春山安宁。

也就在这不知不觉时，月亮升起来了。

月亮应该是又大又圆银光闪闪的，这才会惊醒那些原本已经入睡的山鸟，出自本能地叫了起来。时鸣，就是时不时，也是你一声我一声。那些清脆的鸟鸣落入春涧，甚至会激起浪花。

但，本诗的主题不是“静”吗？

当然是静，却并非一点声音都没有。完全没有声音，那可不叫静谧，得叫僵死。实际上，正如听得见足音才是空谷，听得见鸟鸣也才是静夜，只要不是百鸟齐鸣锣鼓喧天就好。

这就叫：此时有声胜无声。

更重要的是，月出峰峦，满谷生辉，这才空灵而不空洞；鸟鸣树梢，声落春涧，也才清寂而不死寂。更何况月光柔和似水，桂花轻盈如梦，又何妨有一首小奏鸣曲来作背景音乐呢？

诗之精妙，莫过于此。

山居秋暝 ○ 王维

空山新雨后，天气晚来秋。

明月松间照，清泉石上流。

竹喧归浣女，莲动下渔舟。

随意春芳歇，王孙自可留。

前面那首写春涧，主题是静。

现在这首写秋山，基调是清。

空山清寂，初秋清爽，月光清澄，泉水清澈。

一切都那么恬淡闲适，一切都让人心旷神怡。

是啊！宁静空疏的山中，一场新雨将青松翠柏和竹林荷塘都洗得干干净净。秋季的蓝天原本高远，何况还是皓月当空之际；林中的空气原本清新，何况还在雨后初晴之时。泉水潺潺，流淌于岩石之上；月光朗朗，洒落在松叶之间，真是何等幽清明净！

但，这是空灵，不是空洞或空虚。

实际上，远离尘嚣的山野充满别样的情趣。竹林深处传来阵阵欢声笑语，那是天真无邪的姑娘们洗完衣服回家了；池塘里面亭亭玉立的荷叶突然间两两分开，则是渔舟在顺流而下。这是劳动人民本来的生活，因此自然而然毫不刻意。不刻意，就任何时候都能够看见春光，什么地方都可以居留了。

随意春芳歇，王孙自可留，就是这个意思。

山中 〇 王维

荆溪白石出，天寒红叶稀。

山路元无雨，空翠湿人衣。

还是山中，还是王维，只不过是在冬季。

冬季水少，所以白石露出；冬季天寒，所以红叶稀疏。这本是寻常之事，只因为以平常心看待，平常语道出，反倒富有诗意。

重要的是还有背景。

背景就是郁郁葱葱的苍松翠柏。它们构成了秦岭山中无边无际的浓绿，就像沾衣欲湿的春雨。当然，雨是没有的，所以叫“山路元无雨”（元就是原）。衣服也不会湿，只是感到凉意，而那凉意又是空气般无所不在的，所以叫“空翠湿人衣”。

此时，回头再看那露出磷磷白石的清浅小溪，挂着晶莹露珠的经霜红叶，岂非毫无萧瑟枯寂之感，反倒别有情趣?

可以与本诗并读的，还有张旭的《山中留客》：

山光物态弄春晖，莫为轻阴便拟归。

纵使晴明无雨色，入云深处亦沾衣。

这首诗并不难懂。云雾含水分，当然“入云深处亦沾衣”。但这是实写，王维的却是心理感受。比较而言，王维的更好。

寻隐者不遇 ○ 贾岛

松下问童子，言师采药去。

只在此山中，云深不知处。

这首诗看起来简单，其实耐咀嚼。

松下问童子，似乎只是大白话。但松下和童子，却迅速地让我们感到诗人要寻访的是一位仙风道骨的隐者。想当年，南朝刘义庆的《世说新语》描述魏晋风骨的代表人物嵇康时就说：

肃肃如松下风，高而徐引。

意思是：嵇康就像松林中肃肃作响的风，高远而绵长。

松下问童子，也有这种意味。

回答也果然是：言师采药去。

当然，只在此山中。

不过，云深不知处。

全诗几乎都是那童子的话，却有几番转折。言师采药去，让人失望；只在此山中，又有希望；云深不知处，还是失望。

那童子师父的隐者形象却近在眼前。

就像那山一样。

瀑布联句 ○ 香严闲禅师、唐宣宗李忱

千岩万壑不辞劳，远看方知出处高。

溪涧岂能留得住，终归大海作波涛。

这首诗，据说是香严闲禅师和唐宣宗李忱的联合出品。

李忱是个传奇人物。他是唐宪宗的第十三个儿子，母亲则地位卑微，是个宫女。所以在皇族当中，他是受欺负的。他的侄子武宗皇帝甚至派人将他绑架，然后扔进了厕所里。

可怜的皇叔没有办法，只好皈依佛门。

有一次，李忱跟香严闲禅师（也有人说是黄檗希运禅师）同游庐山，看见了瀑布。禅师说：我写了两句诗，但是接不下去。

李忱说：大和尚请讲。

禅师说：千岩万壑不辞劳，远看方知出处高。

这是写实。因为瀑布确实由岩壑中的涓涓细流汇聚而成，又从高处跌落。这样一个历程，当然也只能远看才知道。但出身皇家又皈依佛门做了沙弥（小和尚）的李忱，却难免心中一动，于是脱口而出说：溪涧岂能留得住，终归大海作波涛。

后来，李忱果然做了皇帝，还被称为“小太宗”。

有人说，这就是这首诗的来历。

这当然没有办法证明，也不需要证明。

因为就算没有这传奇故事，诗也挺好。

很朴素，有哲理，意味深长。

何况，写瀑布或山泉，也未必要励志。

白居易的《白云泉》就是另一种态度：

天平山上白云泉，云自无心水自闲。

何必奔冲山下去，更添波浪向人间。

一个是淡泊宁静，云自无心水自闲；另一个是蓄势而发，远看方知出处高；一个是与世无争，何必奔冲山下去；另一个则是壮心不已，终归大海作波涛。这是两种完全不同的心态和主张。

哪个更好呢？

不用纠结。你喜欢哪个，便是哪个。

过分水岭 ○ 温庭筠

溪水无情似有情，入山三日得同行。

岭头便是分头处，惜别潺湲一夜声。

温庭筠这首诗，似乎更有哲理，也更有情趣。

情趣一开始就表现出来了。诗人进山以后，三天之内都是缘溪而行，蜿蜒曲折的小路上便总是有潺潺流水在侧，有如伴侣。然而实际上，人往高处走，水往低处流，方向正好相反。准确的说法应该是擦肩而过，为什么还要说“入山三日得同行”呢？

也只能理解为溪水前来相迎。

这就真是“无情似有情”了。

因此，走到山顶，就该话别。毕竟，这里是分水岭。下山的路上即便仍然有溪水，而且那才真正是结伴而行，却已经不是这三天处处相逢的老朋友。既然如此，何妨听它潺湲一夜声？

这就是情趣。

只不过，溪水有情是似，诗人有情是实。

至于哲理，则在“岭头便是分头处”一句。

的确，凡事皆有穷尽，人生也难免会有分手的时候。如果走到最高处，或许就该各奔东西。因此，可以惆怅，无须纠结，只要将那一份情感深藏在心就好。来日，或许会在海上重逢。

恩情和友情，都是不能忘记的。

潺湲一夜惜珍重，留待来年听海潮。

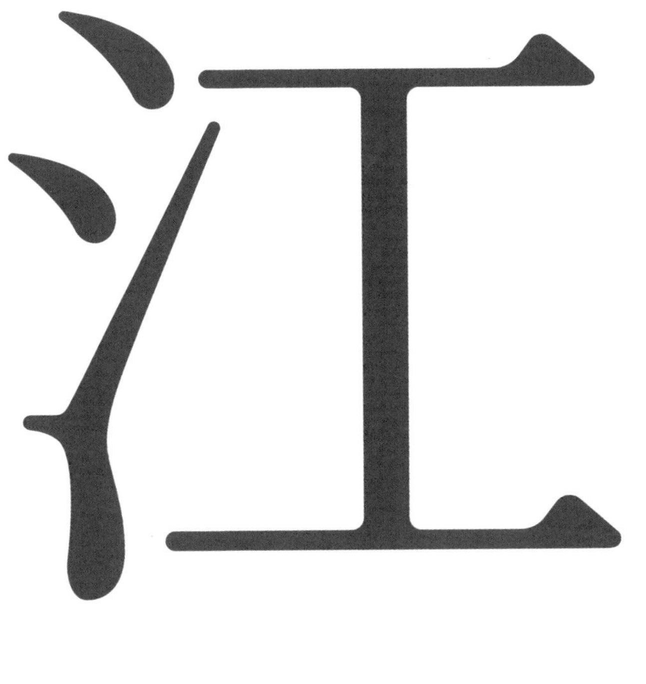

第四辑 ○ 江野

宿建德江 ○ 孟浩然

移舟泊烟渚，日暮客愁新。

野旷天低树，江清月近人。

孟浩然这首诗，是他旅行途中停泊在建德江边时写的。

建德江就是新安江流经建德的一段，不过这并无所谓，关键是当时的心情。没错，夕阳西下之际，牛羊归圈，飞鸟归巢，牧童和农夫也都回家。诗人却只能泊舟江洲，岂能不顿生思乡之情？

更何况，很可能只有孤身一人，扁舟一叶。

所以说：日暮客愁新。

然而夜幕降临之时，又别是一番情趣。由于建德江两岸的原野特别开阔空旷，坐在船上的人便觉得天空比树还低。再加上小洲边水气升腾如烟，那些树木就似乎融入了茫茫四野。相反，由于江水清澈见底，满江月光简直伸手可及，则好像月亮前来亲人。

天低因野旷，月近由江清。这是视觉的，也是心理的。

情和景，便都在里面了。

汉江临泛 ○ 王维

楚塞三湘接，荆门九派通。

江流天地外，山色有无中。

郡邑浮前浦，波澜动远空。

襄阳好风日，留醉与山翁。

王维这首诗气势宏伟。

楚塞就是楚国边境，三湘则是湖南境内。战国时期，楚国在那里建了三个郡：洞庭郡湘中，黔中郡湘西，苍梧郡湘南，合起来叫三湘。或者说，湘乡是下湘，湘潭是中湘，湘阴是上湘。

也有人认为，三湘是指湘江的合流处，比如：

源头与漓水合流叫漓湘。

中游与潇水合流叫潇湘。

下游与蒸水合流叫蒸湘。

又比如：

与潇水合流叫潇湘。

与资水合流叫资湘。

与沅水合流叫沅湘。

诸如此类，不一而足。

楚塞三湘接，就是说，汉水南接湘江。

荆门则是荆门山。由于是荆楚（楚国）的门户，所以叫做这个名字，此处用来代指荆州的治所襄阳。九派就是长江，由于从江西九江开始有九条支流汇入，因而得名。汉水发源于陕西，流经湖北襄阳在武汉市汇入长江，所以说：荆门九派通。

这两句诗，雄浑壮阔，高瞻远瞩，总揽全局。

接下来是中景，仍然是工整的对仗句：

江流天地外，山色有无中。

实际上这也是倒装句。也就是说，正因为两岸青山在迷迷蒙蒙之中时隐时现，若有若无，才会让人觉得那江水不知去向，说不定是流到天地之外了，尽管前面说过“荆门九派通”。

山色苍茫，波涛浩渺，这是何等气派！

郡邑浮前浦，波澜动远空，则是船上的感受。泛舟江上，江水波涛起伏，便觉得襄阳城在上下浮动，就连万里长空也为之而摇晃起来。幸亏这不是惊涛骇浪，否则就不会说“襄阳好风日”了。

那就“留醉与山翁”吧！

山翁就是晋代镇守襄阳的山简，但这无所谓。

读者却不妨同醉。

望天门山 ○ 李白

天门中断楚江开，碧水东流至此回。

两岸青山相对出，孤帆一片日边来。

跟前面的《汉江临泛》一样，这首诗也是在船上写的。

只不过，王维是泛舟江上，李白是顺流而下。

于是，远远地便看见了天门。

天门就是安徽的两座山。一座叫东梁山，在当涂县；另一座叫西梁山，在和县。东梁西梁夹江对峙，宛如天设的门户。滚滚长江奔腾咆哮于两山之间，就像破门而出，简直势不可挡。

所以说：天门中断楚江开。

翻译过来就是：江水把天门打开了。

碧水东流至此回，则是写长江波涛汹涌的壮阔气势。回的意思不是回流而是回旋。浩荡江水从山峰阻碍之处冲过，当然乱石崩云惊涛裂岸，形成惊心动魄的奇观。只不过，有惊无险。

航船很快就通过了这一段。站在船头，诗人看到两岸青山接连不断地出现在眼前。这当然是因为船在行走，然而在李白的笔下却成了山在挺身而出，还成双成对。这可是太让人喜悦了。

两岸青山相对出，既是真实感受，又是神来之笔。

孤帆一片日边来，则可谓更上层楼。是啊，两岸青山为什么要相对而出呢？因为客人不但远道，而且还是从太阳那里来的。

李白的豪雄霸气，真是无所不在。

旅夜书怀 ○ 杜甫

细草微风岸，危樯独夜舟。

星垂平野阔，月涌大江流。

名岂文章著，官应老病休。

飘飘何所似？天地一沙鸥。

也是在船上，也是在江中，只不过是在漂泊。

所以，本诗的调子跟前面的王维和李白不同。

事实上，这是杜甫晚年的作品。那时他虽然也有检校尚书工部员外郎的官职，却其实是虚衔，并不能报效朝廷，只能以诗人之名著称于世。社会理想和政治抱负，完全无法实现。

所以说：名岂文章著，官应老病休。

这两句话看起来是谦虚：我的文章并不怎么样，岂能问心无愧地享有虚名？我的身体又老又病，当然应该退休。但其实他是烈士暮年，壮心不已，只不过当局冷漠，自己也无可奈何，只能像沙鸥那样孤独地漂泊在天地之间，无所依凭，没有出路。

飘飘何所似，天地一沙鸥，就是这个意思。

然而杜甫就是杜甫，即便牢骚满腹，也大气磅礴。

那是一个春天的夜晚。微风吹拂着岸边的细草，有着高高桅杆的航船停泊在码头。天空中繁星密布直垂平野，更显得大地是那样辽阔静谧一望无垠。江流上明月高悬清光四射，仿佛与奔腾的波涛一齐涌动。细草是微弱的，孤舟是寂寞的，但星空和大江却是雄浑壮阔的。那么，在这广阔天地，做一只沙鸥又如何？

人在江湖，身不由己，但心灵应该自由。

星垂平野阔，月涌大江流，是千古名句。

天地一沙鸥，则是永恒的艺术形象。

注 ○ 关于本诗的写作时间，有唐代宗永泰元年（765）和大历三年（768）两种说法，而杜甫大历五年（770）去世。

江雪 ○ 柳宗元

千山鸟飞绝，万径人踪灭。

孤舟蓑笠翁，独钓寒江雪。

诗为心声。

这首诗传达的心声是什么？孤傲还是孤独？

应该是孤独，尽管孤独之中也有高傲。

孤独是一种非常高级的心理状态，一般人体验不了，尤其是传统社会的中国人。长期以来，我们民族就是农业民族，传统社会则是人情社会。普通人求团圆，喜欢四世同堂，天伦之乐；读书人求闻达（闻读如问），希望扬名立万，光宗耀祖。孤独，怎么可以？

所以，孤独是没有的，只有孤单。

孤单很可怜，叫“孤苦伶仃”。

孤傲不可取，叫“孤芳自赏”。

能够体验孤独的，大约只有诗人。

诗人从来就是也永远都是单独的个体，集体写诗就像集体做梦一样荒唐可笑。但，能不能体验是一回事，体验之后能不能表达却是另一回事，而且表达的重要性并不亚于体验。不能或没有高超之表达的体验是没有艺术价值的，尽管仍然值得尊重。

可以说，正是表达，使诗人成其为诗人。

在这方面，柳宗元堪称高手，这首诗则堪称极品。

表面上看，这诗不过画了幅“寒江独钓图”而已：白雪皑皑的山间江上，一位穿着蓑衣戴着斗笠的渔翁坐在小船上钓鱼，倒也是诗情画意。然而这诗这画的背景，却是千山无鸟鸣，万径无人迹的绝灭之境，便更显得那舟是孤舟，钓是独钓。

何况大雪天，鱼们都在水底冬眠，渔翁能做什么呢？

也只能钓得寒江雪。

雪，洁白无瑕，晶莹剔透，正是高冷气质的象征。

所以，寒江独钓便既是享受孤独，也是证明自己。

没错，那正是诗人宁可孑然一身离群索居四顾茫然，也绝不肯同流合污的内心写照。也许正因为此，柳宗元才用了“绝”“灭”“雪”这三个入声字来做这首诗的韵脚。

禅偈一则○僧德诚

千尺丝纶直下垂，一波才动万波随。

夜静水寒鱼不食，满船空载月明归。

同样是钓鱼，这首诗有另一种境界。

诗的作者是位禅师，法号德诚。不过，别的禅师在庙里，他却生活在江上，靠摆渡载客过日子，所以叫船子和尚。

不知道船子和尚为什么要选择这样的人生。或许，摆渡载客也是度人。或许，他就喜欢无拘无束。可惜普度众生也好，自由自在也罢，都得活着，船子和尚的摆渡船也恐怕是要收费的。

当然，船钱随喜，客人也有一搭没一搭。

所以，他还要打鱼。

钓鱼的事就没谱了，半条鱼都没钓着的事时有发生。比如夜静水寒的时候，鱼是不吃东西的，也就不会上钩。船子和尚却是满心欢喜。在他看来，那船舱中的月光便正是锦鳞无数。

这可真是：一无所获，满载而归。

既然如此，为什么又要说是“空载”呢？

因为船上原本就是空的。

更重要的是，这诗其实是禅偈。偈读如记，原本是佛经中颂歌的唱词。后来，佛门弟子（僧人和居士）表达理念发表感言，也使用这种文体，叫示法偈。既然是示法偈，最后那句就不能写成“满船载得月明归”或别的，必须有“空载”二字。满船与空载，才能形成鲜明对比，也才能表达禅宗的理念：空是空，更是不空。唯其如此，一无所获，就是满载而归；空空如也，就是满满当当。

满船空载，妙不可言。

其实即便不看作偈，这也是好诗，比如“一波才动万波随”就是传神之笔。想想看吧！平静得就像镜面的水上，忽然间一阵轻风吹过，所有的波涛都随着眼前的浪花荡漾起来。这时，驾着载满了月光的空船飘然而去，岂非有成佛的感觉？

当然，眼前的浪花也可能是“千尺丝纶直下垂”激起的。

不过，这无所谓吧！

注○关于禅宗，请参看易中天《禅的故事》。

乐游原 ○ 李商隐

向晚意不适，驱车登古原。

夕阳无限好，只是近黄昏。

这首诗题名《乐游原》，其实在哪里并不重要。

重要的，是如何理解那千古名句：

夕阳无限好，只是近黄昏。

许多人的理解是：夕阳固然好，可惜近黄昏。

好景不长啊，日薄西山啊，风光不再啊！

这当然也不是不可以。毕竟，诗无达诂，设定标准答案原本就没有意义。然而可惜，唐人对“只是”的理解不是这样。

那又是怎样？

正是，正好就是。

比如李商隐的《锦瑟》就说：

此情可待成追忆，只是当时已惘然。

这两句诗的意思是：那种情感的难以言表，哪里需要在追忆中才能体会？便是当时就已经惆怅莫名了。

何况李商隐是喜欢夕阳的，他在《晚晴》中就说：

天意怜幽草，人间重晚晴。

夕阳无限好，只是近黄昏，也是这种情感。

因此，建议这样理解这两句诗：那灿烂辉煌普照大地的夕阳之所以如此这般地无限美好，正因为是在将近黄昏的时刻啊！

的确，黄昏是温馨的，有着老人般的慈祥。

哪怕是在冬日。

塞

第五辑 ○ 边塞

登鹳雀楼 ○ 王之涣

白日依山尽，黄河入海流。

欲穷千里目，更上一层楼。

也有人说，这首诗的作者是朱斌，题目则是《登楼》。

其实这无所谓，就像“白日依山尽，黄河入海流”不必一定是诗人亲眼所见。依山尽当然看得见，入海流便只能靠想象。更何况如果什么都一目了然，又何必再上层楼呢？

只要看见黄河在落日余晖下缓缓流淌，也就够了。

那是很温暖的调子。

诗人谱写的，也是很欢快的乐曲。

实际上这首诗是很“绝”的：作为五言绝句，竟然四句全都用了对仗。前面两句是正名对，也就是两句话说两件事，但工工整整地名词对名词，状态对状态，动作对动作，比如白日对黄河，依山对入海，尽对流。后面一联则两句话说一件事，叫流水对。

五绝四句二十个字全部对仗是有风险的，因为弄不好就有矫揉造作刻意雕琢之嫌。但是这首诗没有。它是浑然一体的，甚至看似脱口而出，可谓大器天成。其中原因，除了诗人的才气，也体现了时代精神。毕竟，盛唐是开放而兼容的。建立了灿烂文明的人们都信心满满，即便面对夕阳西下也像看见旭日东升。

边塞，则正是他们建功立业的好地方。

那就让这首诗为我们剪彩边塞的篇章。

关山月○李白

明月出天山，苍茫云海间。

长风几万里，吹度玉门关。

汉下白登道，胡窥青海湾。

由来征战地，不见有人还。

戍客望边色，思归多苦颜。

高楼当此夜，叹息未应闲。

跟《春江花月夜》一样，《关山月》也是老调重弹。

的确，这两个题目原本都是歌曲曲名，写的都是夜晚，也都有月亮和女人，只不过《关山月》是写成边将士离别之苦的。

李白继承了这个传统。

戍客望边色，思归多苦颜，表达了对家乡和亲人的思念。

高楼当此夜，叹息未应闲，则是写他们空守闺房的妻子。

当然，张若虚的《春江花月夜》进行了改革，男欢女爱变成了离愁别绪，与《关山月》的情调更为接近。

但，两种歌曲的构成意象仍然不同。

前者是春江和鲜花。

后者是雪山和雄关。

这就注定《关山月》会有苍凉之感。

是啊！西域遥远，葱岭雄奇，座座关隘如钢浇铁铸，千里无人的戈壁滩上孤月高悬，那是一种什么样的感觉？

更何况，由来征战地，不见有人还。

苍凉，不能不是边塞的调性。

李白却把这种感觉写得大气磅礴：天山雪峰之上，一轮明月在浩渺深邃的星空升起，下面是波涛起伏的茫茫云海。云海翻腾并且舒卷着，月亮忽上忽下时隐时现，终于一跃而起。这时再看，竟是纤尘不染澄明透彻，只有那宝蓝色的天空渗出丝丝寒意。

哈哈！长风几万里，吹度玉门关。

无疑，玉门关内的风，不可能吹散天山脚下的云，诗人的博大情怀却能够超越时空。正是这种超越，使不可断绝的思念之情沉重而不凄苦，给壮阔辽远的边塞景色在雄浑苍茫中平添了闲雅。

也许，这正是盛唐的精神？

但不管怎么说，李白就是李白。

夜上受降城闻笛 ○ 李益

回乐烽前沙似雪，受降城外月如霜。

不知何处吹芦管，一夜征人尽望乡。

戍边将士月下思乡，是唐代边塞诗常有的主题。

李益这首，则是诗中极品。

开头是对仗句：

回乐烽前沙似雪，受降城外月如霜。

受降城是唐太宗接受突厥人投降的地方，在今天的宁夏吴忠市北面，唐代为灵州回乐县，回乐烽则是回乐县的烽火台。回乐烽与受降城之间以及周边，是浩瀚无垠的沙包、沙丘和沙漠。

但，此刻都静悄悄地笼罩在月光之下。

月色如霜的结果，是平沙似雪。

于是，戍边将士的身心和感受，也似雪如霜。

忽然间，不知从哪里传来了吹芦管的声音。

芦管就是芦笛，据说是波斯传入中国新疆的西北少数民族吹奏乐器，音调苍劲悲凉，充满异国情调。不难想象，那咿咿呀呀如泣如诉的芦管声，在万籁俱寂的静夜里时远时近地由寒风送来，该是何等地让人觉得凄凉幽怨，又是何等地扣人心弦。

没错，时远时近，因此不知何处。

实际上，“何处”也不能改写成“谁人”或“哪个”等等，因为是谁在吹并不重要，哪怕是胡人呢？

就连“不知”也不仅是无法确知，更是没有必要知道。

注○受降城的地点有不同说法，这里不讨论。

反正结果都一样：

一夜征人尽望乡。

所有人都彻夜难眠，所有人都思念故乡。

这首诗，岂非一个字都动不得？

有镜头，有声音，还有剧情，又岂非微电影？

而且历历在目，让人感同身受。

说它是诗中极品，并不过分。

塞上听吹笛 ○ 高适

雪净胡天牧马还，月明羌笛戍楼间。

借问梅花何处落，风吹一夜满关山。

高适这首诗，与李益的《夜上受降城闻笛》异曲同工。

没错，同样是边塞，也同样有月亮、音乐、军营和雪。

但，李益的雪其实是沙，高适却真是写雪。

而且非常洁净。

洁净是因为人迹罕至。事实上，也只是在那些空寂辽阔的北国旷野，才可能有那么纯粹的雪原，哪怕那雪仅有薄薄的一层，或者不过是冬去春来时的残雪。当然，也无论是在东北或者西域。

雪净胡天，其实是胡天雪净。

在这样洁净的雪野牧马而归，该是怎样的心情？

何况皎洁的月光还有如水银泻地。

羌笛却在戍楼间响起来了，演奏的是《梅花落》。

这是笛曲的代表作，李白的《黄鹤楼闻笛》就说：

黄鹤楼中吹玉笛，江城五月落梅花。

高适的“借问梅花何处落”也一样，都是巧妙地利用了《梅花落》的曲名，把笛声说成是漫天飞舞之落梅的花片。只不过，李白是故意用惊诧的口吻表示对乐曲的欣赏：五月的江城怎么会有梅花落地呢？高适却要表现情感的传达和共鸣：风吹一夜满关山。

这跟李益的“一夜征人尽望乡”是同样的意境。

不同的是，高适诉诸听觉，李益更有画面感。

李益的是微电影，高适的是奏鸣曲。

实际上高适这首诗有不同的版本和标题，目前这个版本的问题是与七绝的格律不合。如果要合格律，应该改成这样：

月明羌笛戍楼间，雪净胡天牧马还。
借问梅花何处落，风吹一夜满关山。

其实，这样恐怕更好。

诗，是不一定要按照时间先后来叙事的。

但这是题外话。

此外，也有人把诗中的“雪净”理解为冰雪消融已尽。这当然也不是不可以。毕竟，春季正好放牧，天山则长年积雪。乍暖还寒时节，春寒料峭之中，牧歌或许会有羌笛的味道。

只不过，那是另一种感觉和情调。

凉州词 ○ 王之涣

黄河远上白云间，一片孤城万仞山。

羌笛何须怨杨柳，春风不度玉门关。

据说，高适的《塞上听吹笛》就是呼应王之涣这首诗的。

没错，他们都写了羌笛，但演奏的曲目不同。

高适听到的是《梅花落》，王之涣听到的是《折杨柳》。

折杨柳是一种民间习俗。当时，一个人如果离开故土，送行的亲朋好友便都要折杨柳相赠，以此寄托依依惜别之情。因为杨柳树随风飘扬的枝枝蔓蔓就像多情之手，拉住人的心儿不让走。

难怪《诗·采薇》说：

昔我往矣，杨柳依依。

然而玉门关外，却连杨柳都没有。

这就不能不让人顿生哀怨之情，尤其在听见《折杨柳》的乐曲由少数民族的羌笛演奏出来的时候。可惜这没有用。要知道，春风不度玉门关。玉门关往西往北，原本就是另一片天地。

更何况，镇守边关之人，也不需要儿女情长。

因此说：羌笛何须怨杨柳。

何须，其实就是不须，或者无须。

这就跟李白的“长风几万里，吹度玉门关”不同，但不等于说王之涣就幽怨伤感。恰恰相反，这首诗是气势磅礴的。诗人一开始就告诉我们，西北边塞虽然荒寒萧索，却也辽阔壮美：九曲十八弯的黄河宛如一条丝带逶迤延绵直上云端。茫茫旷野之上，一座城堡孤零零拔地而起，在万仞高山的拱卫下孤立而不孤单。

这是何等地雄奇壮丽，当然无须怨杨柳。

难怪这首诗，也被视为绝唱。

使至塞上 ○ 王维

单车欲问边，属国过居延。

征蓬出汉塞，归雁入胡天。

大漠孤烟直，长河落日圆。

萧关逢候骑，都护在燕然。

雄奇壮丽的边塞，有雄奇壮丽的诗。

王维这首就是。

这是他以监察御史的身份，出使塞上慰问河西节度使麾下戍边将士时的作品。诗中的地名比如居延、萧关和燕然，都只是象征性的符号，不是实指。因此这首诗的大意就是：

轻车简从奔赴边关，
边关的路很远很远。
我像随风的蓬草离开汉家壁垒，
又如北归的大雁飞进胡人蓝天。
茫茫大漠孤烟笔直，
浩浩长河落日滚圆。
侦察兵却告诉我：
长官还在第一线。

叙事其实一般，虽然结尾有些意思。

所以，全诗的精华就在这一句：

大漠孤烟直，长河落日圆。

那么，好在哪里？

先看大漠孤烟。

孤烟有多种解释。有人说是烽火台上燃起的狼烟。狼烟因燃烧狼粪而产生，据说特别直，可以确保信息的传递无误。当然也有人说是戍楼上的炊烟，由于没有风而垂直。但不管怎么说，直上云霄的都是孤烟。茫茫戈壁，漫漫平沙，一缕孤烟直，就更显得那西北边塞天荒地老，也显得那里的天地特别广阔，一望无垠。

长河则未必就是某条河。日复一日升起又落下的太阳，是王维沿途每天都能见到的。通红滚圆地落入长河，却让人惊喜。事实上有水的地方就有生命，尽管与红日同在的绿洲没有写出来。这就在看似死寂中展现了活力，雄浑壮阔中透出了温馨。

荒漠大，江河长，孤烟直，落日圆，这就是边塞。

毫无疑问，这不大可能是同一时间之所见，不如说是那片土地的典型景象。这种典型的景象不仅浓缩在十个字中，还对仗工整而浑然天成，可见作者的功力。是啊！直和圆，虽然看似普通，没有任何奇特之处，但是请问，你能找到可以替换的说法吗?

不能。

这可真是金不换。

大漠孤烟直，现在是看不到了，因此插图便代之以胡杨。胡杨是亚洲和非洲大陆性气候条件下的树种，喜光耐旱抗风沙。沙漠的河流流向哪里，胡杨就跟到哪里。它的树龄可达两百年，民间的说法则是活着千年不死，死后千年不倒，倒下千年不朽。

与它心照不宣的，也就孑然独立的烽火台吧！

送元二使安西 ○ 王维

渭城朝雨浥轻尘，客舍青青柳色新。
劝君更尽一杯酒，西出阳关无故人。

注 ○ 浥读如意，湿润的意思。

别董大二首·其一 ○ 高适

千里黄云白日曛，北风吹雁雪纷纷。
莫愁前路无知己，天下谁人不识君。

○ 曛读如勋，落日余光，曛黄即黄昏。

两首诗都是送别，却多有不同。

王维的故事在春天。

清晨，一场小雨湿润了大地。西去的道路不再尘土飞扬，驿站客舍的杨柳也被洗得干干净净，翠绿翠绿地清新可人。这可是出发的好时候，何况行人已在渭城。渭城就是咸阳，在长安之西，渭水北岸。唐代送别西行者，往往在这里。

如果东去，则送到灞桥。

灞桥两岸遍植杨柳，亲朋好友都在这里折枝相赠。

传为李白所作《忆秦娥》便说：

年年柳色，灞陵伤别。

灞桥在东，渭城在西，都有杨柳。酒过三巡，应该启程，送行的人却说：来来来，再喝一杯，阳关之外可就没有老朋友了。

阳关在今天的甘肃省敦煌市。由于在玉门关的南边，所以叫做这个名字，意思是关南的关。两座边关自汉代以来，一直就是内地前往西域的通道；而从军或出使塞外，无论西域还是东北，在盛唐之人心目中都是豪情万丈的壮举，高适的《燕歌行》就说：

男儿本自重横行，天子非常赐颜色。

因此，尽管“西出阳关无故人”云云，多少有点“春风不度玉门关”的意思，却也跟“羌笛何须怨杨柳”一样并不伤感，甚至只是诗人的劝酒之词，顶多略显遗憾惆怅而已。

然而就连这点惆怅，也被高适一扫而光。

高适的故事在冬日。

黄昏，西下的夕阳在密布的彤云中变得昏黄。凛冽的北风送来南飞的大雁，接着又下起雪来。尽管我们不知道旅人的去向，也不确定是否西出阳关。但在这种天气出门肯定是迫不得已，而且十有八九是要远行到陌生的地方。此时此刻，那位朋友的心情岂非简直有如出没寒云的离群之雁，洒落大地的纷飞之雪？

于是，友情变得格外重要和温暖。

诗人也说：不怕！天底下有谁不知道老兄！

这是有可能的，因为告别之人据说是著名的音乐家。

不过这无所谓，要紧的是心态。有豪爽洒脱的心态，即便云遮白日，风吹大雁，天降雨雪，也不必有前路茫然之感。这当然正是盛唐诗人的心态，也是这两首送别诗共同的调性，尽管他们的故事一个在春天在清晨，另一个在冬日在黄昏。

但，朋友的前路都可以理解为阳关道。

实际上，阳关道的意思，是宽阔的道路，光明的前途。

那又何妨将西出阳关想象成阳光灿烂的样子。

就连阳关之夜，也星光迷离而明亮吧！

逢入京使 ○ 岑参

故园东望路漫漫，双袖龙钟泪不干。

马上相逢无纸笔，凭君传语报平安。

有送别，就有相逢。

无法确定岑参写这首诗时的天气，只知道他在唐玄宗天宝八载的初冬从长安启程，前往今天的新疆维吾尔自治区库车县，也就是当时叫做龟兹的地方，去担任安西节度使高仙芝的幕僚。

从帝都长安到西域龟兹要走很久，这个冬天就全在路上了。

彤云密布又天光乍现的景象，应该不难看到。

实际上本书选用题头的这张照片，正是希望读者能够体验诗人的心情。没错，边功是岑参自己选择的事业。进士及第的他甚至两次出塞担任军职，另一次是天宝十三载，在驻节于今天新疆维吾尔自治区吉木萨尔县的北庭节度使封常清帐下效力。尽管后来高仙芝在今天哈萨克斯坦境内的怛逻斯（怛读如答）地方，被阿拉伯帝国军打败，也尽管高仙芝和封常清后来都冤死于安史之乱，但是岑参并没有跟错人，他为两位大唐名将服务也是心甘情愿的。

岑参踌躇满志。

然而诗人的心又很柔软，在西行的路上也时刻想念家人。可惜回头望去，却只见旷野无涯，枯树孤立，阴云低垂。

故园东望路漫漫啊！

此时迎面遇到回京的使者，便真有拨云见日的感觉。

那就拜托老兄，带个口信报平安。

这种情感，小动物也懂吧？

碛中作 ○ 岑参

走马西来欲到天，辞家见月两回圆。

今夜未知何处宿，平沙莽莽绝人烟。

注 ○ 碛读如气，沙漠戈壁。平沙莽莽绝人烟，也作『平沙万里绝人烟』。

这首诗，仍是岑参在天宝八载奔赴龟兹时所作。

时间是在遇到使者之前还是之后，不知。

但，辞家见月两回圆，忽然就两个月了。

不知不觉并不奇怪。据考证，岑参的路线是先出阳关，然后沿西北方向从罗布泊到吐鲁番，再向南向西到库车。这一路，基本上是戈壁沙滩，景色相同又没有参照物，只觉得照这样走下去，恐怕就会一直走到天尽头，难怪要说“走马西来欲到天”了。

只有一轮明月，告诉他已经离家很远。

捎封平安家书却并不可能，就连今夜住在哪里都不知道。

但只见：平沙莽莽绝人烟。

这是只有亲历者才写得出来的。月光笼罩之下，远山朦胧依稀可见，荒漠浩瀚渺无人烟。前者透着神奇，后者透着清冷，却并不拒人千里之外。勒马驻足，反倒可以体会宇宙之无穷。

那又何妨接受如水月色的洗礼。

明天将是新的天地。

凉州词二首·其一

○ 王翰

葡萄美酒夜光杯，欲饮琵琶马上催。

醉卧沙场君莫笑，古来征战几人回？

有送别，有相逢，也有欢聚。

这首诗，写是就是军中盛宴。

鲜红的葡萄酒，洁净的夜光杯，都是典型的西域特产，只不过汉唐以来就已经成为中华方物。作为混血王朝的统治者，各族人民的天可汗，唐太宗甚至在拿下位于吐鲁番盆地的高昌国之后，利用得到的技术资料和马奶葡萄，亲自研究出八种新的配方。

葡萄酒从此成为华人之爱。

这不奇怪，胡汉一家原本就是大唐特色。

但，葡萄美酒夜光杯，还是传达出浓浓的西域情调。

欲饮琵琶马上催，更如此。

原产于波斯的琵琶是弹拨乐器，演奏时右手向前弹叫琵，向后挑叫琶，本来就是游牧民族在马上自娱自乐的。因此，不能因为诗中有“马上”二字，就把“催”理解为催行或催征。实际上，这里说的是催饮。洁净的夜光杯里盛满鲜红的葡萄酒，原本就让人馋涎欲滴，更何况那急促奔放而且热烈的琵琶声还在催你快快举杯。

于是有觥筹交错，有开怀畅饮，有醉卧沙场。

如果是催行或催征，就不能醉卧了。

这里的沙场也不是战场，而是战区中的军营。

军营里东倒西歪一片狼藉，当然不成体统。

但，请你理解，也不要笑。

今日醉卧军营，是因为明天很可能战死沙场。

是啊，古来征战几人回。

问题在于，诗人这样说，或者代替将士们这样说，想要表达的究竟是什么样的情感？如果说这句话是看破红尘，这次盛宴是借酒浇愁醉生梦死，显然与前面的欢快不符。因此，这两句诗的意思便应该是：自古艰难唯一死。死都不怕，还怕醉酒吗？

更何况，弄不好明天就没嘴喝了。

那么，这种满不在乎的背后，是视死如归的豁达大度，还是对战争的质疑甚至悲愤？或者无法主宰命运的另类表达？当然也可能是原本豪情万丈，却又在不经意间流露出莫名的惆怅。

也许都是，也许都不是，也许都不完全是。

牺牲的可能大，生还的机会少，则毋庸置疑。

既然如此，何妨随他们去！

其实，反思应该是读者的事，只可惜这个话题太沉重。事实上人类历史中的古老文明，可谓成也战争毁也战争，这才会有“西风残照，汉家陵阙”（李白《忆秦娥》）的感慨，会有那么多的遗址和废墟。不信请看照片中吐鲁番市西亚尔乡的交河故城，是否还能见到当年盛况，昔日辉煌？那些捐躯的将士，又在哪里呢？

让我们祈祷和平！

从军行○陈羽

海畔风吹冻泥裂，枯桐叶落枝梢折。

横笛闻声不见人，红旗直上天山雪。

注○海畔即湖畔，北方称湖为海或海子。

跟王翰的《凉州词》一样，这首诗也是战士的歌。

不过，通篇不见他们的身影。

看得见的，只有莽莽大山，皑皑白雪，猎猎军旗。

听得见的，则只有北风呼啸，笛声嘹亮。

那是极为恶劣的气候条件。天山脚下寒风肆虐，吹裂了湖畔的冻土，吹折了梧桐的枝叶。这个时候，恐怕就连云也不能优哉游哉自由自在，要么被吹得无影无踪，要么就冻成冰块了。

然而笛声却在雪山响起。

寻声望去，又见杆杆红旗雄鹰般飞上冰峰。

战士的风采，战士的精神，已不言而喻。

红旗直上天山雪，其实是直上雪山。说成直上天山雪，应该有两个原因。首先，这首诗押的是仄声韵，而且是入声。入声的特点是短促急迫，铿锵有力。用来写边塞军情，更为悲壮凌厉。更何况红旗之所到，以及战士的脚下，不正是天山的雪吗？

也许，这就叫传神。

白雪歌送武判官归京○岑参

北风卷地白草折，胡天八月即飞雪。
忽如一夜春风来，千树万树梨花开。
散入珠帘湿罗幕，狐裘不暖锦衾薄。
将军角弓不得控，都护铁衣冷难着。
瀚海阑干百丈冰，愁云惨淡万里凝。
中军置酒饮归客，胡琴琵琶与羌笛。
纷纷暮雪下辕门，风掣红旗冻不翻。
轮台东门送君去，去时雪满天山路。
山回路转不见君，雪上空留马行处。

注○唐代轮台与汉代轮台不同。汉代轮台在今天新疆维吾尔自治区轮台县，唐代轮台所在地有三种说法：昌吉市东破城子，乌鲁木齐市南乌拉泊，乌鲁木齐市米泉区。

还是要读岑参。

岑参是长期生活在西北边塞的诗人，与高适并为唐代边塞诗的绝代双骄，文学史上甚至有这样一种说法：

李白是诗仙。

杜甫是诗圣。

王维是诗佛。

岑参是诗雄。

的确，岑参的边塞诗总是雄奇。比如写吉尔吉斯斯坦境内号称热海的伊塞克湖，就是这样说的：

侧闻阴山胡儿语，西头热海水如煮。

又如写安西四镇的北庭：

一川碎石大如斗，随风满地石乱走。

相比之下，这首《白雪歌送武判官归京》要算温婉。

北风卷地白草折，胡天八月即飞雪，是实言相告。

忽如一夜春风来，千树万树梨花开，是鼓舞欢欣。

没错，八月飞雪已经让人惊奇，风摧白草更是让人恐惧。我们知道，白草就是芨芨草。作为西北的植物，它原本坚忍不拔，却被卷地而来的北风吹折，可见风势之猛，之烈，之强劲。

诗人却满心欢喜。他说，没想到啊没想到，入秋季节忽然春风浩荡，一夜之间就吹开了千树万树的梨花。梨花或者雪花在怒吼的狂风之中上下翻腾，纷纷扬扬零零散散地穿过珠帘，进入帐内打湿了罗幕。结果是什么呢？对不起，狐皮大衣也不暖和，丝绵被子也嫌单薄，将军的角弓拉不开弦，都护的铁甲冰冷难着。

武判官却要启程回京了。

军令如山倒，顾不上天气好坏，能做的只有饯行。这时，茫茫瀚海千里冰封，浩浩长空密布阴云。雪倒是停了，因为就连蕴含着雨雪的云都被冻结，凝成一团，结果更显得压抑和惨淡。

酒宴也简单，所奏之乐亦不过胡琴、琵琶与羌笛。这羌笛应该并不怨杨柳，那琵琶也不在马上相催。反倒是散席的时候，凝固的浓云开始解冻，又纷纷扬扬地下起雪来，落满辕门。

此刻正是日暮时分。辕门外，风掣红旗冻不翻。

很难确定这时风力的大小。实际上在平时，即便微风也能卷起那旗帜。相反，皑皑白雪的背景下一杆红旗巍然不动，鹅毛大雪在几乎凝固的空气中静悄悄纷纷飘落，可能更有画面感。

远行人真正动身应该在第二天早晨。经过日夜大雪，哪怕放晴也是雪满天山路。送别到东门的人们，看到的则是这样的景象：

山回路转不见君，雪上空留马行处。

如果拍电影，这是一个空镜头。

既然是空镜头，那就尽在不言中。

附录 ○ 唐诗基本知识

一 诗体

按照最简单的分类，唐诗可以分为两种：**古体**和**近体**。

古体又叫**古风**，其实跟古不古没有关系。叫它古体，是为了跟近体相区别。因此我们可以说，**但凡不是近体的，都是古体**。

那么，近体跟古体又有什么不同?

近体必须讲格律，古体不讲。

所以，唐诗基本知识的重点，就是**格律**。

只有弄清楚格律，才能更好地读唐诗。

二 格律

简单地说，格律就是**格式**和**音律**。

讲格律的就是**格律诗**，也叫**近体诗**。

格律诗分两种：**绝句**和**律诗**。

律诗对格律要求最严，是最典型的格律诗。

所以，弄清楚了律诗，也就弄清楚了格律。

那么，律诗有哪些要求呢?

三　句数

首先是句数。

一首诗八句，又符合其他要求，就叫**律诗**。

如果超过八句，就叫**长律**。

只有四句，则叫**绝句**。

绝句是半首律诗。

四　字数

然后是字数。

每句五个字的，叫**五言**。

七个字的，叫**七言**。

有句数，有字数，就会有各种格式。

现在排列组合一下：

每句五个字，全诗八句的，叫五言律诗，简称**五律**。

每句七个字，全诗八句的，叫七言律诗，简称**七律**。

每句五个字，全诗四句的，叫五言绝句，简称**五绝**。

每句七个字，全诗四句的，叫七言绝句，简称**七绝**。

长律则一般是五言。

但，如果以为字数和句数对了就是格律诗，那就大错特错。

因为还有别的要求。

五　平仄

格律诗最重要的要求是**平仄**。

平仄就是声调的分类。

现代汉语的普通话有四个声调，分别是：

阴平：比如妈（*mā*）。

阳平：比如麻（*má*）。

上声：比如马（*mǎ*）。

去声：比如骂（*mà*）。

顺便说一句，上声的“上”要读如赏。

妈、麻、马、骂，刚好四声。

四声一分为二，就是平和仄。

阴平和阳平就是**平**，读起来比较平和。

上声和去声就是**仄**，读起来不那么平和。

但这是现代汉语，古代汉语却不是这样。

六　入声

古代汉语也是四声，但跟现代汉语不同，分别是：

平声：比如沙（*shā*）和啥（*shá*）。

上声：比如傻（*shǎ*）。

去声：比如厦（*shà*）。

入声：比如杀（*sha*）。

这四个声调，就叫平、上、去、入。

以上的例子，都以*a*为韵母，广义地说都算同一个韵部。但在现代汉语，妈和麻都是平，马和骂都是仄。在古代汉语，沙和啥都是平，傻、厦和杀都是仄。古代汉语是一平三仄。

不过，这还不是最难掌握的，最难的是入声。

比如下面这两组：

A：巴，差，纱，鸦，渣

B：八，插，煞，鸭，轧

你能分出哪一组是平，哪一组是仄吗？

A是平，B是仄，因为B组在古代都是入声。

还有发、七、出、接、习等等，现在读平声，古代是入声。

造成这种现象的原因，是元代以后，入声字在北方方言中分配到平声、上声和去声中了，这就叫**入派三声**。所以唱北曲，比如元杂剧和元散曲，是没有入声字的。但是唱南戏和南曲，还有。所以许多南方人，比如江浙人和湖南人，还能分辨出来。

不过北方人也用不着纠结，因为可以查韵书。另外，入声字的特点是声调短促。读唐诗的时候，注意一下还是能领略韵味。

七　粘对

弄清楚了平仄，就可以讲要求。

要求很简单，不妨概括为两句话：

本句中要交替，
对句中要相反。

比如杜甫《登高》中的两句：

无边落木萧萧下，
不尽长江滚滚来。

上一句的平仄结构是：

平平仄仄平平仄

这就叫“本句中要交替”。
上下两句的平仄关系是：

平平仄仄平平仄
仄仄平平仄仄平

这就叫“对句中要相反”。
本句中平仄交替，对句中平仄相反，就叫**对**。
否则就叫**失对**。

那么，什么叫**粘**？

第三句和第二句平仄要相同，否则叫**失粘**。

因此后面两句便是：

万里悲秋常作客，

百年多病独登台。

这两句的平仄关系是：

仄仄平平平仄仄

仄平平仄仄平平

基本上也是对的。只不过百是仄声，多是平声，不太对。

但这没关系。因为每个字都对，也太难了。因此，原则上只有第二个、第四个、第六个字要讲究，其他的可以马虎。

这就叫：

一三五不论，

二四六分明。

当然，不是所有其他字都不讲究，也有不能马虎的。比如“平平仄仄平”格式的第一个字，或者“仄仄平平仄仄平”格式的第三个字都不能随便，因为平脚的句子不能除韵脚外只有一个平声。但这是写诗的要求，不是读诗的，我们可以不管。

总而言之，平对仄，仄对平，就是对。平粘平，仄粘仄，就是粘。**对就是相反，粘就是相同**。开始要对，然后要粘。相同之后又相反，相反之后又相同，读起来就特别好听。

这是音乐之美。

现代汉语的写作虽然没有那么多硬性规定，但是掌握了平仄的规律，是可以让自己的作品更有旋律感和节奏感的。

这也是读唐诗宋词的好处。

八　押韵

再看杜甫那四句诗的平仄关系。如果不马虎，该是这样的：

平平仄仄平平仄
仄仄平平仄仄平
仄仄平平平仄仄
平平仄仄仄平平

这里面好像也有点问题：仄仄平和平仄仄，失粘了。

但这是必须的。因为除了第一句，格律诗的单数句最后一个字都只能是仄声，双数句则只能是平声。

为什么呢？

因为双数句是一定要押韵的，而且律诗一般只用平声韵。像黄巢《菊花》诗那样押仄声韵，是破格。仄声韵在唐代，主要用于古体诗。大量用于格律体，是在宋词。

古人写律诗，要严格依据韵书来。但这也是写诗的要求，不是读诗的，我们可以不管。更何况时代不同，很多字读音变了，想管也管不了。比如按照韵书，冬和东是不押韵的，可怎么弄？

所以，就算现代人写格律诗，韵也可以放宽。

必须讲究的，除了平仄，就是对仗。

九 对仗

对仗就是两两相对，就像仪仗队。

不过，仪仗队两列是相同的，对仗却有同有异。

具体地说就是：

词性应该相同，
词意可以相近，
平仄必须相反，
用字不能重复。

还看杜甫那两句：

无边落木萧萧下，

不尽长江滚滚来。

这里的对仗关系是：

无边对不尽：平平对仄仄，形容词对形容词。

落木对长江：仄仄对平平，名词对名词。

萧萧对滚滚：平平对仄仄，副词对副词。

下对来：仄对平，动词对动词。

每个字都对上了，而且词性丰富，堪称名句。

这是文学之美。

近体诗关于对仗的规定是：五律和七律的第三、四两句（颔联）和五、六两句（颈联）都必须对仗，一、二两句（首联）随意，七、八两句（尾联）一般不对。绝句则可对可不对。

对仗是汉语言文学特有的修辞手段，学会对仗对写作是很有好处的。要提高这方面的修养，除了多读唐诗宋词，有一本叫做《声律启蒙》的书也可以参看。

有了以上基本知识，我们就可以读唐诗了。

本文主要根据王力《诗词格律》写成

后记

奉献给诸位的这本《读唐诗》不是教科书，也不是教学参考书。因此，选诗全凭主观，读诗全凭体会，既不人云亦云，也不求全责备，更不考虑所谓公允，唯一的标准是审美。

没错，本书可以看作审美教育的教材。

由于这个原因，入选唐诗数量最多的是七言绝句，因为七绝最便于阅读和背诵。五绝短了点，五律和七律就已嫌长，尽管五律是当时最为通行的体裁。我们的目的不是文学史的普及，就不能考虑诗篇在文学史上的地位，是否能够配图甚至都重要得多。

用摄影作品作为配图也许不算什么创意。但我一向认为，中华传统文化要想传承和传播就必须现代化，相关图书也应该有现代感和设计感，因此摄影反倒可能比绘画效果更好。

总之，本书有种种尝试。

好不好呢？

欢迎批评！

另外，本书写作过程中参考了上海辞书出版社《唐诗鉴赏辞典》和刘学锴先生的《唐诗选注评鉴》，特此鸣谢！

易中天

易中天

1947年出生于长沙，曾在新疆工作，
先后任教于武汉大学、厦门大学，
现居江南某镇，潜心写作。

李华

中国摄影家协会会员。
2001年，创作摄影小说《茅人河的故事》，被中央电视台制成视频节目播出。
2008年，在平遥国际摄影节举办《新疆之恋》个展并获奖。
多次举办摄影展，现已出版《新疆之恋·李华摄影集》（中国摄影出版社）。

读唐诗

产品经理｜徐慧敏　　书籍设计｜付诗意
营销经理｜李　洋　　技术编辑｜白咏明
责任印制｜路军飞　　出 品 人｜吴　畏

图书在版编目（CIP）数据

读唐诗 / 易中天撰文 ； 李华摄影. --上海 ： 上海文艺出版社，2018
ISBN 978-7-5321-6954-2

Ⅰ. ①读… Ⅱ. ①易… ②李… Ⅲ. ①唐诗一鉴赏
Ⅳ. ①I207.227.42

中国版本图书馆CIP数据核字(2018)第264604号

出 品 人：陈　征
责任编辑：陈　蕾
特约编辑：徐慧敏
封面设计：付诗意

书　　名：读唐诗
撰　　文：易中天
摄　　影：李华
出　　版：上海世纪出版集团　上海文艺出版社
地　　址：上海市绍兴路7号　200020
发　　行：果麦文化传媒股份有限公司
印　　刷：北京盛通印刷股份有限公司
开　　本：710mm×1000mm　1/16
印　　张：14.25
字　　数：139千字
印　　次：2018年12月第1版　2018年12月第2次印刷
印　　数：30,001-70,000
I S B N：978-7-5321-6954-2/I·5555
定　　价：88.00元